Barbara Cartland
Die Schöne und der Prinz

Barbara Cartland

Die Schöne und der Prinz

Titel der Originalausgabe: HELP FROM THE HEART
Aus dem Englischen von Helga Atkinson

Dieses Buch erscheint bei Hestia mit freundlicher Genehmigung
der Verlagsunion Erich Pabel-Arthur Moewig KG, Rastatt
Umschlagfoto: Three Lions
Druck und Bindung: Ueberreuter, Korneuburg
Printed in Austria 1991
ISBN 3-89457-218-3

1

1870

Nach dem Dinner begaben sich die Damen in den großen Salon, der von Kristallüstern festlich beleuchtet und vom Duft exotischer Blüten erfüllt war.

In ihren prächtigen Roben mit den gerade erst in Mode gekommenen Tournüren glichen sie schönen Schwänen. Dem Modeschöpfer Fredrick Worth war es zu verdanken, daß die Krinoline durch die Tournüre abgelöst worden war, die mit der dazugehörigen Korsage Busen und Taille betonte. Tiefe Dekolletés entsprachen ebenfalls der neuesten Mode.

Nur ein uneingeweihter Beobachter hätte beim Anblick so vieler schöner Frauen mit Erstaunen reagiert. Wer den Gastgeber, Prinz János Kovác, kannte, wunderte sich nicht darüber.

Auf Alchester Castle war alles von einer Aura des Reichtums und der Gediegenheit umgeben, der sich niemand entziehen konnte.

Nur die älteren Gäste konnten sich erinnern, wie es früher hier ausgesehen hatte, bevor der Herzog von Alchester das Schloß an den Prinzen verkauft hatte.

Prinz János Kovác, Herr über Tausende von Morgen im Osten Ungarns, war zur Jagd nach England gekommen und hatte sich dermaßen für den Sport begeistert, daß er nicht nur einige Meuten, sondern auch einen Rennstall erworben hatte, mit dem er bald eines der klassischen Rennen nach dem anderen gewonnen hatte.

Wäre er ein ganz gewöhnlicher junger Mann gewesen, hätte er

bei seinen Konkurrenten gewiß Neid und Mißgunst erregt. Prinz János jedoch war nicht nur bei denjenigen außerordentlich beliebt, die auf seine Pferde setzten und ihnen an der Zielgeraden zujubelten, sondern auch beim Jockey-Club, dem er seit neuestem angehörte.

Wer seine großzügige und erlesene Gastfreundschaft genoß, der pries ihn als echten Sportsmann, ganz nach dem Herzen der Engländer.

Kein Wunder, daß die Einladungen auf sein Schloß sehr begehrt waren, zumal es ihm gelang, mehr Schönheiten auf einem Quadratmeter zu versammeln, wie es einer seiner Gäste einmal nicht ohne Neid ausdrückte, als andere Gastgeber auf einem Golfplatz.

Der Reigen der im Salon versammelten Schönen, ob blond, brünett oder rothaarig, hätte es Paris schwergemacht, welcher Dame er den goldenen Apfel überreichen sollte.

Eines hatten sie jedoch miteinander gemeinsam: Sie waren alle vom Prinzen fasziniert und bezaubert.

Selbst den übelsten Klatschmäulern fiel es jedoch schwer, irgendwelche Skandalgeschichten oder Indiskretionen über diesen ungewöhnlichen Mann auszugraben und zu verarbeiten.

Auf seine Gäste traf das allerdings weniger zu. Als Lady Esme Meldrum durch den Salon schlenderte und sich wohlgefällig in einem der goldgerahmten Wandspiegel betrachtete, folgten ihr die dunklen Augen der Marquise von Claydon mit haßerfülltem Blick.

Zweifellos war Lady Esme eine dem Zeitgeschmack entsprechende und von vielen Künstlern gefeierte Schönheit. Ihr goldblondes Haar, die tiefblauen Augen und die zarte Porzellanhaut suchten ihresgleichen. Die stolze Haltung ihrer schlanken Gestalt ließ sie wie eine junge Göttin erscheinen.

Mit achtzehn Jahren hatte sie sich Hals über Kopf in Sir Richard Meldrum verliebt und sich mit ihm vermählt. Ihre Eltern hatten sich eigentlich eine bessere Partie für ihre schöne Tochter erträumt, doch sie trösteten sich damit, daß Sir Richard Meldrum bald zu einem der fähigsten Botschafter seines Landes in Europa avancierte.

Sein ausgeprägtes Pflichtbewußtsein führte jedoch dazu, daß er seine junge Frau vernachlässigte und sie sich nach achtjähriger Ehe anderweitig zu vergnügen begann.

Graf Sherburn wurde auf ihre Reize aufmerksam, und Lady Esme schwärmte geradezu für den attraktiven Mann, wie sie es einst mit achtzehn Jahren für ihren Ehemann getan hatte.

Osmond Sherburn brachte alle Voraussetzungen mit, um in den Salons zum Hahn im Korb zu werden. Er war reich, sah gut aus und war vom Erfolg verwöhnt. Allerdings galt er als höchst heiratsunwillig. Das hatten schon viele ehrgeizige Mütter zu spüren bekommen, die davon träumten, ihre Töchter am Familienschmuck und am Stammsitz des Grafen teilhaben zu lassen.

Er war klug genug, seine Gunst vorwiegend verheirateten Damen zu schenken, die sich eines toleranten Gatten erfreuten. Es gab allerdings auch einige gehörnte Ehemänner, die darauf brannten, den Grafen zum Duell zu fordern, um ihre verletzte Ehre wiederherzustellen. Seine hohe gesellschaftliche Stellung und vor allem seine Freundschaft mit dem Kronprinzen bewahrte ihn jedoch vor solchen Peinlichkeiten.

So konnte der Graf sich ungestört und ungehemmt amüsieren, denn es gab kaum eine Dame, die seinem Charme widerstehen konnte.

Er hatte gerade eine kurze, aber höchst vergnügliche *affaire de coeur* mit der Marquise von Claydon hinter sich. Wie üblich, war die Leidenschaft bei ihm zuerst abgekühlt, und er hatte alle Mühe gehabt, sich der Umklammerung der besitzergreifenden Arme der Marquise mit Anstand zu entziehen, um seine Gunst Lady Esme zuwenden zu können.

Es wäre übertrieben zu behaupten, der Graf sei in Leidenschaft zu seiner neuen Flamme entbrannt. Vielmehr blieb er stets mit beiden Beinen auf dem Boden. Selbst seine heißesten und stürmischsten Liebesaffären wurden von seiner Seite aus mit einem gewissen Grad von Diskretion gestaltet; stets regierte bei ihm der Verstand das Herz.

Diese Verhaltensweise war es vor allem, die den in ihn verliebten Damen bewußt machte, daß er sich niemals völlig von ihnen einfangen lassen würde. Selbst die verführerischsten „Sirenen" vermochten nicht, ihn für immer an sich zu fesseln.

„Ich kann mir einfach nicht erklären, weshalb ich Osmond verloren habe", gestand eine Schöne schluchzend der Marquise, bevor diese den Grafen überhaupt wahrgenommen hatte.

„Vielleicht warst du ihm zu hörig, meine Liebe", erwiderte Kathie Claydon.

„Anders kann man doch mit Osmond gar nicht auskommen", hielt die Sitzengelassene ihr entgegen. „Er ist so dominierend, so überlegen, daß man sich seiner Herrschaft nur allzugern fügt und außerstande ist, sich seinen Wünschen zu widersetzen."

Die Marquise hatte nach diesem Geständnis insgeheim beschlossen, dem Grafen bei nächster Gelegenheit eine Lektion zu erteilen.

Als sie sich anläßlich einer Hausgesellschaft begegnet waren, ohne einander sonderlich zu beachten, hatte sie ihn ab und zu mit rätselhaftem Sphinxblick bedacht.

Sie hatte sich absichtlich herausfordernd und zugleich ablehnend, lockend und geheimnisvoll gegeben und damit den erhofften Erfolg erzielt. Er hatte sich um sie bemüht.

Als der Graf jedoch ihr Liebhaber geworden war, mußte sie feststellen, daß ihre Willenskraft dahinschmolz und sie sich außerstande sah, ihn zu gängeln. Statt dessen war sie ihm völlig hörig und tat alles, was er von ihr verlangte.

Als sie, die in der Kunst der Liebe sehr erfahren war, spürte, wie er sich ihr zu entziehen begann, war sie dem Wahnsinn nahe.

Ihr wurde bewußt, daß sie den Grafen liebte, wie sie noch nie in ihrem ganzen Leben einen Mann geliebt hatte.

Ihre Heirat war von ihren Eltern arrangiert worden. Obwohl

sie entzückt gewesen war, Marquise von Claydon zu werden, hatte sie sich mit den intimeren Dingen der Ehe nie anfreunden können.

Sie hatte ihrem Gemahl zwei Söhne und eine Tochter geschenkt und erst bei ihrem ersten Liebhaber die wahre Leidenschaft kennengelernt und gespürt, was ihr bisher entgangen war.

Doch die große Liebe war ihr erst in der Person des Grafen begegnet. Nur mit Mühe beherrschte sie sich, ihn nicht auf Knien anzubetteln, mit ihr zu fliehen; und schließlich mußte auch sie erkennen, daß sie sich Illusionen hingegeben hatte.

Der Gedanke, daß ausgerechnet Lady Esme zu ihrer Nachfolgerin erkoren worden war, verbitterte sie mehr, als wenn es irgendeine unbekannte Schönheit gewesen wäre, die nicht ihren Kreisen angehörte. So war sie dazu verdammt, der verhaßten Rivalin auf jeder Gesellschaft und fast jeden Abend begegnen zu müssen.

Der Kronprinz hatte sich in den letzten Jahren in zunehmendem Maße der vergnüglichen Seite des Lebens gewidmet und die jüngeren und amüsantesten Mitglieder der Londoner Gesellschaft um sich geschart, die meistens auch die reichsten und frivolsten waren.

Er war 1863 mit der bildschönen Alexandra von Dänemark vermählt worden, doch als 1868 ihr drittes Kind, Prinzessin Viktoria, geboren wurde, waren seine Liebesaffären mittlerweile so zahlreich und ausschweifend, daß sie nicht länger vertuscht werden konnten.

Bereits zwei Jahre zuvor hatte es Getuschel über seine heißen Flirts am Zarenhof in St. Petersburg gegeben, wo er sich anläßlich der Vermählung seiner Schwägerin Dagmar mit dem Zarewitsch Alexander aufgehalten hatte. Die schönsten Russinnen bei Hofe hatten sich seiner Gunst erfreut.

Im folgenden Jahr war er allein in Paris gewesen, und es waren auch von dort Skandalgeschichten durchgesickert.

Von dieser Zeit an hatte eine Mätresse die andere abgelöst.

Die erste Schauspielerin, die er zu seiner Geliebten gemacht hatte, war die umschwärmte Hortense Schneider. Ihr folgten in bunter Reihenfolge Debütantinnen, die ihm auf Hofbällen aufgefallen waren, reifere verheiratete Damen und Schönheiten der Halbwelt.

Nachdem er solchermaßen zum Wegbereiter geworden war – ganz anders, als seine königlichen Eltern es sich wünschten –, war man nur allzu bereit, seinem Vorbild nachzueifern. Die Aristokraten seiner Altersklasse brauchten keine Tugendhaftigkeit mehr vorzutäuschen oder eheliche Treue zu heucheln.

Die Marquise von Claydon konnte sich trotzdem nicht damit abfinden, daß Graf Sherburn ihrer überdrüssig geworden war. Zunächst hatte sie sich einzureden versucht, es sei bei ihm nur eine vorübergehende Laune, und er werde zu ihr zurückkehren.

Doch seine Besuche wurden immer seltener und seine Ausreden, dringender Geschäfte wegen nicht zu ihr kommen zu können, immer fadenscheiniger. Als sie schließlich erfuhr, daß die „Geschäfte" Lady Esme Meldrum hießen, kannten die Empörung und die Eifersucht der Marquise keine Grenzen.

Noch nie in ihrem Leben hatte sie einen Menschen so abgrundtief hassen gelernt wie Lady Esme.

Stundenlang pflegte sie sich im Spiegel zu betrachten und sich das Hirn zu zermartern, warum ihre Schönheit nicht ausgereicht hatte, den Grafen an sich zu fesseln. Die meisten ihrer Verehrer fanden, daß sie mit ihrem dunklen Haar, den blitzenden Augen und den ebenmäßigen Zügen viel anziehender war als ihre Rivalin.

Schließlich hatte sie sich damit abfinden müssen, den Grafen verloren zu haben, und sie waren sich einen Monat lang nicht mehr begegnet, bis man sie heute beide nach Alchester Castle eingeladen hatte.

Es hatte ihr einen Schock versetzt, als er kurz vor dem Dinner den Salon betreten hatte. Ihr törichtes Herz hatte bis zum Hals geklopft, und ihre Kehle war wie zugeschnürt gewesen.

In den letzten Wochen war sie streng mit sich ins Gericht gegangen. Ihr Stolz hatte ihr verboten, zu klagen und zu jammern, wie andere Frauen das getan hatten, als der Graf sie verlassen hatte, und sie war fest entschlossen, den Anschein zu erwecken, sie habe die Affäre beendet, weil er sie nicht mehr amüsiert habe.

Die Marquise mochte viele Fehler haben, aber sie gehörte nicht zu den Frauen, die ein Schicksalsschlag umwarf, oder die heulten und wehklagten, weil sie etwas verloren hatten, das ihnen mehr als alles andere in ihrem Leben bedeutete.

Sie nahm sich vor zu kämpfen, so lange, bis sie den Grafen zurückgewonnen hatte und er bereute, sie so schändlich behandelt zu haben.

Früher oder später, das schwor sie sich, würde sie sich an Esme Meldrum rächen und sie genauso leiden lassen, wie sie gelitten hatte.

Möglich, daß einer der Vorfahren der Marquise italienischer oder spanischer Herkunft gewesen war und wußte, was Vendetta bedeutete.

Alle ehemaligen Mätressen des Grafen hatten sich die Augen ausgeweint, als es vorbei war, jedoch nichts dagegen unternommen.

Die Marquise war entschlossen, sich nicht so ohne weiteres damit abzufinden.

„Ich werde ihn bestrafen", schwor sie ihrem Spiegelbild, „und wenn es das letzte ist, was ich tue."

Nächtelang lag sie wach und überlegte, was sie dem Grafen antun könnte, damit er auf Knien zu ihr zurückgekrochen kam und um Gnade winselte.

Zumindest vorübergehend gelang es ihr so, ihren Schmerz über den Verlust zu betäuben, ihr verwundetes Herz zum Schweigen zu bringen.

Doch als sie ihn den Salon betreten sah und ihn beobachtete, wie er den Prinzen begrüßte, wurde ihr bewußt, daß kein Mann einen solchen Aufruhr der Gefühle in ihr ausgelöst hatte, wenn er sie küßte, wie er.

Sie schämte sich, zugeben zu müssen, daß er nur die Arme nach ihr auszustrecken brauchte und sie an seine Brust flattern würde wie eine dem Ziel zustrebende Brieftaube.

Statt dessen gab sie sich einen Ruck und bemerkte leichthin: „Guten Abend, Osmond! Nett, daß man sich wiedersieht."

„Sicher brauche ich dir nicht zu sagen, daß du schöner bist denn je", gab er im Plauderton zurück, doch seine Augen verrieten ihr, daß es nur eine Phrase und sein Interesse an ihr völlig erkaltet war.

Es kostete sie große Anstrengung, ihre Stimme unter Kontrolle zu bringen und sachlich fortzufahren: „George freut sich auch auf ein Wiedersehen mit dir. Darf ich dir übrigens Georges Nichte, die Tochter des unglücklichen Peter, vorstellen, die wir bei uns aufgenommen haben?"

Sie wies auf das Mädchen an ihrer Seite, das sehr jung und bescheiden wirkte.

„Forella", wandte sich die Marquise an ihre Nichte, „das ist Graf Sherburn, der die besten Rennpferde in England besitzt und als einer der besten Reiter gilt."

Wie sie das sagte, klang es beinahe wie eine Beleidigung, und der Graf, der die Ironie ihrer Worte spürte, verbeugte sich nur stumm vor dem jungen Mädchen und gesellte sich zu Lady Esme, die sich am anderen Ende des Raumes befand.

Die Art, wie sie ihm die Hand reichte, der Ausdruck ihrer Augen, als sie zu ihm aufblickte, verriet der Marquise nur allzu deutlich, was sie längst geahnt hatte.

Mit Mordgedanken im Herzen wandte sie sich ab und begrüßte den nächstbesten Gast übertrieben liebenswürdig.

Forella fragte sich, weshalb ihre Tante so wütend war. Im Verlauf des abenteuerlichen Lebens, das sie an der Seite ihres Vaters geführt hatte, hatte sie gelernt, Menschen nicht nach dem zu beurteilen, was sie sagten oder wie sie aussahen, sondern welche Ausstrahlung sie hatten.

Ihr war gleich nach ihrer Ankunft vor einer Woche in Park Lane bewußt geworden, daß ihre Tante alles andere als erfreut war, sie bei sich aufnehmen zu müssen. Mit jeder Faser ihres Körpers widerstrebte es der Marquise, ihr Unterschlupf zu gewähren.

Forella konnte sich vorstellen, welche Auseinandersetzungen es zwischen ihrem Onkel und der Marquise gegeben hatte, bis er sich durchgesetzt hatte.

Von dem Augenblick an, als sie aus Italien in England eingetroffen war, nachdem ihr Vater einer Typhus-Epidemie in Neapel zum Opfer gefallen war, hatte sie gespürt, daß sie ihrer Tante höchst lästig war.

„Soll das heißen, George", hatte die Marquise fassungslos gefragt, „daß das Kind deines Bruders, den ich nur flüchtig kennengelernt habe, für immer bei uns wohnen, daß ich sie als Debütantin bei Hofe vorstellen soll?"

„Uns bleibt gar nichts anderes übrig, Kathie", hatte der Marquis scharf erwidert. „Da Peter tot ist, bin ich der Vormund des Mädchens. Sie ist fast neunzehn und hätte schon vor einem Jahr in die Gesellschaft eingeführt werden müssen."

„Das war bei dem wilden Herumtreiberleben, das sie mit ihrem exzentrischen Vater geführt hat, wohl nicht gut möglich!" hatte die Marquise höhnisch entgegnet.

„Dessen bin ich mir bewußt", sagte der Marquis. „Wenn Peter dieses Leben gefallen hat, steht es uns nicht zu, ihn noch nach seinem Tod zu kritisieren, sondern es ist unsere Pflicht, uns seiner Tochter anzunehmen."

„Sie muß doch noch andere Verwandte haben, die sicher entzückt wären, sich um sie zu kümmern, wenn du sie angemessen dafür bezahlst."

„Sie bekleiden keine so hohe gesellschaftliche Stellung wie wir", erwiderte der Marquis. „Ich fühle mich bis zu ihrer Vermählung für sie verantwortlich."

Sie schwiegen eine Weile, dann rief die Marquise gereizt aus: „Mit anderen Worten, ich soll jemand für sie suchen, der sie heiratet!“

„Warum nicht?“ fragte der Marquis spöttisch. „Du kennst doch genügend heiratsfähige Einfaltspinsel, die ständig bei uns herumhängen, meinen Wein trinken und meine Gastfreundschaft mißbrauchen. Einer von ihnen wird sich schon bereitfinden, meine Nichte zu heiraten.“

„Ohne Mitgift?“ fragte die Marquise spöttisch. „Außerdem dürfte sie bei dem Leben, das sie mit deinem Bruder geführt hat, keinerlei Manieren gelernt haben.“

„Sie ist ein ausnehmend hübsches Mädchen“, erwiderte der Marquis, „und dir wird es sicher gelingen, ihr ein wenig Schliff beizubringen und sie zu lehren, wie sie sich entsprechend benehmen muß.“

Seine Frau schwieg verstockt, und nach einer Weile sagte er in versöhnlichem Ton: „Hab doch ein Einsehen, Kathie. Wir können das Mädchen doch nicht in den Slums von Neapel verkommen lassen, wo außer Peters Diener niemand ist, der sich um sie kümmern würde.“

„Du willst ihn doch nicht etwa auch herholen?“ fragte die Marquise.

„Nein, ich werde ihm eine angemessene Pension zahlen“, erwiderte der Marquis. „Er ist ein braver Mann und hat sich ein Häuschen auf dem Lande redlich verdient.“

Wieder trat Stille ein, dann wollte die Marquise wissen: „Und was wird aus dem Mädchen?“

„Sie wird in drei Wochen hier eintreffen. Ich habe eine Nonne und einen Reisebegleiter engagiert, die sie durch Frankreich geleiten werden. Man muß ihr Zeit lassen, um über den Tod ihres Vaters hinwegzukommen.“

Als die Rede auf den Toten kam, witterte die Marquise Morgenluft.

„Wenn Forella in Trauer ist, kann sie auch keine Bälle besuchen, und bei Gesellschaften ist man sicher auch nicht scharf auf eine kleine schwarze Krähe."

„Darüber brauchst du dir nicht den Kopf zu zerbrechen", entgegnete der Marquis. „Peter, der, wie du weißt, immer sehr unkonventionell war, hat in seinem Letzten Willen verfügt, daß niemand in schwarzer Kleidung um ihn trauern soll und er in aller Stille und ohne viel Aufwand beerdigt werden möchte." Der Marquis schwieg eine Weile, dann fuhr er fort: „Mein Bruder hat mir folgendes geschrieben:

‚Ich habe ein verdammt gutes Leben geführt und jeden Augenblick genossen. Sollte mich jemand vermissen, dann mag er ein Glas Champagner auf mein Wohl leeren und mir dort, wohin ich gegangen bin, Glück wünschen.'"

Seine Stimme schwankte ein wenig, als er die Worte seines Bruders zitierte, doch die Marquise rümpfte verächtlich die Nase.

„Solchen Unsinn konnte auch nur dein Bruder von sich geben", sagte sie, „aber es erleichtert mir wohl meine Aufgabe, mich um seine Tochter zu kümmern. Trotzdem wird es immer noch schwierig genug für mich sein."

„Du willst damit sagen", warf der Marquis ein, „daß dir der Gedanke, eine Debütantin als Anstandsdame zu begleiten, mißfällt? Das beste wäre also, sie so schnell wie möglich zu verheiraten, dann sind wir die Sorge um sie los."

Er schwieg einen Augenblick, bevor er fortfuhr: „Ich gebe ihr dreihundert im Jahr, und du kannst für ihre Aussteuer aufwenden, was du für nötig hältst."

Zum erstenmal seit Beginn dieser Unterhaltung blickten die Augen der Marquise freundlicher. „Das ist ungemein großzügig von dir, George!"

„Ich mochte Peter sehr gern", sagte der Marquis gedankenverloren, „und ob du's glaubst oder nicht, ich habe ihn manchmal beneidet." Mit diesen Worten verließ er das Zimmer und ließ die Marquise in sprachloser Verwunderung zurück.

Wie konnte George, der alles hatte, was ein Mann sich nur wünschten konnte, einen angesehenen Titel, großen Reichtum und eine hohe Stellung bei Hofe und in der Gesellschaft, seinen Bruder beneiden?

Sie war Peter Claye nicht oft begegnet, aber sie hatte ihn nie recht verstanden und vielleicht deshalb nie gemocht.

Peter war der dritte Sohn des alten Marquis und hatte deshalb nie eine Chance gehabt, den Titel zu erben. Nach Georges Heirat und der Geburt ihres ersten Sohnes hatte Peter ein völlig neues Leben fernab von der Familie begonnen.

Die Tradition gebot es, daß der jüngste Sohn sehr wenig bekam, während Geld und Besitz auf den Erben übergingen.

Er hatte also von vornherein gewußt, daß er niemals ein amüsantes, aufwendiges gesellschaftliches Leben führen konnte wie seine beiden Brüder und hatte sich daher auf seine Weise auf Forschungsreisen kreuz und quer durch die Welt begeben.

Sein knapp bemessenes Erbe hatte er bald aufgebraucht und war auf die Zuwendung angewiesen, die ihm alle sechs Monate von den Anwälten der Familie überwiesen wurde.

Das Geld genügte ihm für seine Reisen und seine kleine Familie. Er war sehr glücklich gewesen mit seiner Frau, die seinen Hang zu einem unsteten Leben geteilt hatte.

Ihr einziges Kind, Forella, war, bevor sie überhaupt laufen konnte, schon auf einem Kamel durch die Wüste geritten. Später kletterte sie mit ihren Eltern auf Berge, segelte mit knarrenden Schiffen über die Weltmeere und lernte Länder kennen, in denen Engländer eine Seltenheit waren und von den Eingeborenen angestarrt, wenn nicht gar bedroht wurden.

Hin und wieder ließ Peter Claye sich von seiner Frau dazu überreden, für die Königliche Gesellschaft für Geographie ihre Erlebnisse niederzuschreiben. Gewöhnlich redete er nur immer davon, einmal ein Buch darüber zu schreiben, hatte es aber vorgezogen, immer neue Eindrücke zu sammeln und seine Zeit nicht am Schreibtisch zu vertrödeln.

„Die Niederschrift hebe ich mir für die Zeit auf, wenn ich kaum noch einen Fuß vor den anderen setzen kann", pflegte er lachend zu sagen. Dann waren sie wieder zu irgendeinem neuen Ziel aufgebrochen, das Peter unbedingt kennenlernen wollte.

Für Forella waren diese Exkursionen ein Kaleidoskop von Farben, exotischen Menschen, fremdartigen Gebräuchen und Sitten gewesen, und sie war davon ebenso angetan gewesen wie ihr Vater.

Niemals in seinem ganzen Leben hatte Peter Claye sich Sorgen darum gemacht, was morgen sein könnte.

Seine Philosophie lautete: ‚Genieße die Gegenwart, denn du weißt nie, was die Zukunft bringen wird!'

Das Schicksal ereilte ihn, als sie fast völlig mittellos in den Slums von Neapel gelandet waren. Man hatte sie vor der Typhus-Epidemie gewarnt, aber er hatte alle Warnungen lachend in den Wind geschlagen.

„Es könnte gefährlich sein, Papa", hatte Forella gesagt.

„Ich bin unverwüstlich", hatte er sich gebrüstet. Eine Woche später war er tot.

Jackson, Peters Diener, war auf den rettenden Einfall gekommen, an den Marquis zu schreiben. Forella war wütend auf ihn gewesen, als sie es erfahren hatte.

„Warum hast du das getan", fragte sie ihn. „Onkel George hat sich seit Jahren nicht mehr um uns gekümmert. Warum sollte er mich jetzt bei sich aufnehmen?"

„Weil es seine Pflicht ist als Ihr Vormund, Miß Forella", belehrte sie Jackson. „Seine Lordschaft hat sich als Familienoberhaupt um Sie zu kümmern."

Forella sah ihn beunruhigt an. „Ich will aber nicht, daß sich jemand um mich kümmert", begehrte sie auf.

„Jetzt hören Sie mir bitte zu, Miß Forella", sagte Jackson. „Nachdem Ihr verehrter Vater uns verlassen hat, müssen wir das tun, was richtig und schicklich ist und was Ihre Mutter auch gewollt hätte, würde sie noch unter den Lebenden weilen."

„Ich weiß nicht, wovon du sprichst", sagte Forella, aber sie wußte es sehr wohl und fürchtete sich davor.

Tatsächlich war der Marquis zwei Wochen nach Erhalt von Jacksons Brief in Neapel eingetroffen. Da er ihrem Vater äußerlich sehr ähnlich sah und sich ungewöhnlich verständnisvoll gab, hatte Forella das erste Mal seit dem Tod ihres Vaters geweint.

„Ich vermisse ihn schrecklich, Onkel George", schluchzte sie. „Es war immer so aufregend und lustig, mit ihm zusammenzusein. Nichts wird mehr so sein wie früher."

„Ich weiß, meine Liebe", erwiderte der Marquis, „aber du wirst jetzt ein anderes Leben führen und dazu mit mir nach England kommen."

„O nein!" entfuhr es Forella.

„Du kannst dich nicht mit dem Gedanken anfreunden?"

„Es . . . es macht mir angst", versuchte Forella ihm zu erklären. „Papa pflegte sich immer über dieses Leben lustig zu machen und mir zu erzählen, welche angesehenen und bekannten Persönlichkeiten du und Tante Kathie seid. Manchmal haben wir in der Zeitung, die meistens schon Wochen alt war, Berichte über euch gelesen, wenn wir uns in Singapur oder Hongkong oder sonstwo aufhielten. Papa pflegte dann zu sagen: ‚Da siehst du's mal wieder, Forella. Mein Bruder George steckt sie alle in die Tasche, und ich bin mächtig stolz auf ihn. Dem Himmel sei Dank, daß ich nicht ein solches Leben führen muß wie er, und wenn er zehnmal wie ein kleiner König über sein Reich herrscht."

Der Marquis lachte. „Typisch Peter. Für ihn war die ganze Gesellschaft ein Witz."

Schweigend hatten sie ihren Gedanken nachgehangen. Dann hatte Forella sich mit dünner, schüchterner Stimme erneut zu Wort gemeldet: „Bitte, Onkel George, könnte ich nicht hier bei Jackson bleiben?"

Der Marquis hatte ihre Hand in die seine genommen. „Jetzt hör mir mal gut zu, Forella", sagte er ernst. „Jackson ist ein sehr netter, freundlicher Mensch, aber er kommt in die Jahre, während du blutjung bist und dein ganzes Leben noch vor dir hast."

Der Druck seiner Hand verstärkte sich, als er fortfuhr: „Du mußt jetzt im wahrsten Sinne des Wortes eine junge Dame werden. Dein Vater hätte das auch gewollt."

Da Forella das unbestimmte Gefühl hatte, daß dies der Wahrheit entsprach, waren ihr die Argumente dagegen ausgegangen.

Obwohl sie sich krampfhaft bemühte, nicht daran zu denken, erinnerte sie sich sehr wohl der Worte ihrer Mutter, wenn sie wieder einmal in irgendeinem primitiven, obskuren Winkel der Welt gelandet waren. „Wenn Forella achtzehn Jahre alt ist, müssen wir nach England zurück, Liebster, um ihr Gelegenheit zu geben, sich an all den Dingen zu erfreuen, die du aufgegeben hast und die ich nie vermißt habe."

Forella hatte erwartet, daß ihr Vater diesen Vorschlag absurd finden und ablehnen würde. Tatsächlich hatte er erwidert: „Kannst du dir uns aufgeputzt im Buckingham Palace vorstellen und Forella mit einem dieser lächerlichen weißen Federbüschel auf dem Kopf bei dem mißglückten Versuch zu knicksen, ohne dabei über die Schleppe ihres Kleides zu stolpern?"

„Ja, das kann ich allerdings!" hatte ihre Mutter mit Nachdruck erwidert.

Ihr Vater hatte geseufzt und gesagt: „Wenn ich mich schon dieser üblen Maskerade unterziehen muß, dann habe ich wenigstens die Genugtuung, die beiden schönsten Frauen weit und breit in den Thronsaal zu geleiten."

Forella fiel diese Unterhaltung in diesem Augenblick wieder ein, als der Marquis mit ähnlichen Argumenten aufwartete, und sie hatte sich nicht länger gesträubt.

Sobald sie aus der Quarantäne entlassen worden waren, die wegen der Epidemie über Neapel verhängt worden war, hatte der Marquis Vorkehrungen getroffen, um sie und Jackson nach London zu holen.

Drei Wochen später war sie in Park Lane eingetroffen und

hatte vom ersten Augenblick ihrer Begegnung an gespürt, daß ihre Tante sie als lästigen Eindringling betrachtete.

Trotzdem war die Marquise ihren Verpflichtungen ihr gegenüber nachgekommen, ohne daß es Forella bewußt geworden war, und hatte vor allem ein Ziel im Auge: ihre Nichte so rasch wie möglich zu vermählen.

Sie hatte mit Forella die besten Modegeschäfte aufgesucht und sie mit Roben ausgestattet, von denen sie bisher nur geträumt hatte. Ihr Haar war vom teuersten Coiffeur in London modisch geschnitten und frisiert worden. Alles, was sie aus Italien mitgebracht hatte, wurde weggeworfen oder verbrannt.

Ich bin nicht mehr ich selbst, mußte Forella immer wieder denken. Ich bin nur Tante Kathies Marionette, die von ihr gegängelt und daran gehindert wird, eigene Gedanken zu entwickeln oder gar etwas auszusprechen, was sie vorher nicht gutgeheißen hat.

Ihre Erziehung war ungewöhnlich vielseitig gewesen. In allen Teilen der Welt hatte sie Sprachen gelernt, konnte in fremden Währungen rechnen und besser kochen als mancher Küchenchef.

Was ihre Tante unter Erziehung verstand, erschöpfte sich in Äußerlichkeiten. Sie lernte tanzen, wie man als junge Dame ein Zimmer betritt, den Fächer hielt, sich verneigt, einen Hofknicks macht oder die Hand zum Handkuß reicht.

Sie lernte auch, wie man sich setzt, ohne daß die Knöchel unter dem Kleidersaum hervorlugten.

Der Tanzunterricht machte ihr am meisten Spaß. Sie hatte viele Tänze des Ostens auf ihren Reisen gelernt und ihrem Vater oft zu dessen Belustigung den Tanz der sieben Schleier oder andere exotische Tänze vorgeführt, deren Bedeutung sie nicht kannte.

Der Tanzlehrer fand in ihr eine gelehrige Schülerin mit rascher Auffassungsgabe und einer Grazie, die sich vorteilhaft von dem oft steifen, linkischen Gehopse abhob, das die meisten von ihm unterrichteten Debütantinnen veranstalteten.

Auch die Anstandsregeln und guten Manieren begriff sie

rasch. Dabei sorgte sie auf ihre Weise für eine Auflockerung des strengen Unterrichts.

„Soll ich Ihnen mal zeigen, wie die Japaner ihre Gäste begrüßen?" fragte sie ihren Tanzlehrer und machte es ihm vor. „Und so ist es bei den Südseeinsulanern Sitte."

Zunächst zuckte er schockiert zurück, und sein entsetztes Gesicht löste bei ihr ein silberhelles Lachen aus, in das er schließlich einstimmte. Sofort tauchte die Marquise im Zimmer auf und verbat sich den unschicklichen Lärm.

Als Forella ihren ersten Ball besuchte, hatte sie das Gefühl, aus einem Rohdiamanten in einen Schmuckstein mit prächtiger Fassung verwandelt worden zu sein, ebenso ausdrucksarm und uninteressant, wie sie in Gedanken hinzusetzte.

Sie wurde den zahlreichen Bekannten ihrer Tante vorgestellt und tat das, was man von ihr erwartete: Sie hielt den Mund. Es schien ohnehin niemand ernsthaft an ihr interessiert zu sein.

Ihrer Tante ging Forella möglichst aus dem Weg, denn sie gab ihr bei jeder Gelegenheit zu spüren, wie lästig sie ihr war. Ihr Onkel hingegen war stets freundlich zu ihr. Oft stahl sie sich nach seiner Rückkehr aus dem Oberhaus in sein Arbeitszimmer, wo er in Ruhe seine Zeitung zu lesen und sich zu entspannen pflegte, um mit ihm zu plaudern.

Es überraschte sie immer wieder, wie sehr er sich für ihre mit ihrem Vater unternommenen Reisen in alle Welt interessierte. Sie mußte ihm ganz genau schildern, wie ihr Vater versucht hatte, die Quelle des Nils aufzuspüren, oder wie sie mit den wilden Stämmen im Sudan ausgekommen waren, die Weißen gegenüber als sehr feindselig galten.

„Ich möchte nur wissen, woher er diese Gabe hatte", überlegte der Marquis dann. „Mir fiel selbst das bißchen Französisch, das ich lernen mußte, ziemlich schwer."

Forella lachte. „Papa konnte sich mit allen möglichen Menschen verständigen", sagte sie. „Mama fielen Sprachen ohnehin nicht schwer."

„Als Ausländerin war sie ja zweisprachig aufgewachsen“, erinnerte sich der Marquis.

Ihre Tante hatte es weniger taktvoll formuliert. Die Nationalität ihrer Muter dürfte auf keinen Fall bekannt werden, wenn Forella von der vornehmen Londoner Gesellschaft akzeptiert werden sollte, hatte sie ihrer Nichte eingeschärft.

„Ausländer, die nicht aus Frankreich kommen und nicht königlichen Geblüts sind, haben zu den höchsten Kreisen keinen Zugang“, erklärte sie in herablassendem Ton. „Bei Königen oder Prinzen ist das natürlich etwas anderes. Wir müssen einen englischen Gemahl für dich finden, damit in Vergessenheit gerät, daß du keine reine Engländerin bist.“

„Ja, Tante Kathie“, hatte sie gehorsam erwidert, weil es sinnlos gewesen wäre, ihr in diesem Punkt zu widersprechen.

„Du kannst von Glück sagen“, fuhr ihre Tante fort, „daß du als Nichte des Marquis eine bevorzugte Stellung einnimmst. Bedauerlicherweise hast du jedoch kein Vermögen. Nun, wir werden das Beste daraus machen, da du eine Claye bist und einer der berühmtesten Aristokratenfamilien des Landes angehörst.“

Forella mußte unwillkürlich daran denken, wie ihr Vater sich über den Snobismus seiner Landsleute lustig gemacht hatte, antwortete jedoch artig, wie es von ihr erwartet wurde, mit: „Ja, Tante Kathie.“

Auch während des Dinners antwortete sie ihren Tischnachbarn nur mit „ja“ oder „nein“, was diese wohl zu dem Schluß verleitete, es mit einer langweiligen jungen Dame zu tun zu haben. Jedenfalls wandten sie ihre Aufmerksamkeit bald anderen Damen zu, die zu einem Flirt nur allzugern bereit waren.

Ohne daß Forella es bewußt wurde, wunderten sich die meisten Gäste des Prinzen, daß eine so junge Person von ihm eingeladen worden war. Sonst nahmen an seinen Gesellschaften immer nur seine ganz speziellen Freunde teil, die alle ungefähr in seinem Alter waren.

Die Damen waren entsprechend jünger, aber alle verheiratet.

Man hatte die gleichen Interessen, lachte über die gleichen Scherze und bewegte sich stets in den gleichen Kreisen, in die gewöhnlich kein Außenseiter Zugang fand.

Die einzige Ausnahme bei den Einladungen des Prinzen bildete gewöhnlich eine ältere Dame, die stellvertretend für seine Gemahlin die Rolle der Gastgeberin spielte.

Die Gemahlin des Prinzen war noch nie in Erscheinung getreten, und er sprach auch niemals von ihr. Man nahm allgemein an, daß sie es vorzog, in Ungarn zu leben, obwohl einige aus dem Bekanntenkreis bereits dort gewesen waren und nichts über sie hatten erfahren können.

Diesmal hatte die geistreiche und charmante Lady Roehampton die Pflichten der Gastgeberin übernommen. Sie erfreute sich allgemeiner Beliebtheit und kannte sich in allen gängigen Intrigen und in Sympathien und Antipathien unter den Gästen aus, wie man es von einer perfekten Gastgeberin erwartete.

Tatsächlich hatte Lady Roehampton auch ihrem Entsetzen Ausdruck verliehen, als der Prinz ihr mitgeteilt hatte, die Marquise habe ihn gebeten, ihre Nichte mitbringen zu dürfen.

„Ein junges Mädchen? Mein lieber János, du bist von allen guten Geistern verlassen! Sie wird sich wie ein Fremdkörper vorkommen."

„Das ist mir auch klar", erwiderte der Prinz, „aber ich kann Claydon nichts abschlagen. Schließlich war es George, der mich in den White's Club eingeführt hat, als ich nach England kam, und er war auch mein Gönner, als ich den Wunsch äußerte, Mitglied des Jockey-Club zu werden." Der Gedanke, wie erfolgreich er seitdem gewesen war, entlockte ihm ein Lächeln, und er fügte hinzu: „Ich fühlte mich ihm immer schon zu Dank verpflichtet und kann auf diese Weise etwas von meiner Schuld abtragen."

„Alles gut und schön", erwiderte Lady Roehampton, „trotzdem gibt uns die Anwesenheit eines so jungen Mädchens Probleme auf. Was sollen wir denn mit ihr anstellen?"

„Wie ich von George erfuhr, ist sie gerade aus dem Ausland

angekommen und kennt sich in England überhaupt nicht aus. Vermutlich wird sie mit staunenden Kinderaugen um sich blikken und alles, was sie sieht, völlig unverständlich finden, wie es dir in diesem Alter auch ergangen wäre."

„Das ist zu lange her, als daß ich mich noch daran erinnern könnte", erwiderte Lady Roehampton und legte ihm die Hand begütigend auf den Arm. „Du hast ganz recht, János, du konntest George die Bitte nicht abschlagen. Ganz sicher ist Kathie außer sich, ein junges Mädchen um sich dulden zu müssen."

„Dann kann einem die Kleine eigentlich nur leid tun", bemerkte der Prinz.

„Dir ist hoffentlich bekannt", warf Lady Roehampton ein, „daß Kathies Affäre mit Osmond beendet ist?"

Der Prinz zuckte zusammen. „Gütiger Himmel! Warum hast du mir das nicht vorher gesagt? Sie werden in meinem Haus wieder zusammentreffen. Wer ist seine neue Favoritin?"

Lady Roehampton sagte es ihm und fügte hinzu: „Mach dir keine unnötigen Sorgen. Irgendwann wären sie ohnehin wieder zusammengetroffen, und so haben die anderen etwas zu tratschen."

Der Prinz seufzte. „Hoffentlich behältst du recht. Ich hätte nicht übel Lust, Esme Meldrum und Richard einzuladen."

„Das würde sie sicher sehr kränken", gab Lady Roehampton zu bedenken. „Im übrigen steht gar nicht fest, daß zwischen den beiden wirklich etwas ist. Man tuschelt nur darüber, und es ist wohl unvermeidlich, daß Osmonds schönheitsdurstiges Auge auf die Meißner Porzellanschönheit fällt und sie unwiderstehlich findet."

„Natürlich – unwiderstehlich", pflichtete der Prinz ihr bei.

Lady Roehampton sah ihn forschend an. „Willst du damit etwa sagen, János . . ."

„Nein, nein!" entgegnete der Prinz. „Nur keine unnötigen Komplikationen."

Lächelnd entfernte er sich. Lady Roehampton sah ihm nachdenklich nach und fragte sich, ob es überhaupt jemals einer Frau gelingen würde, das Herz von János Kovác zu erobern.

Obwohl sie ihn gut kannte, blieb er ihr doch in vielem ein Rätsel, unberechenbar und so anziehend wie noch nie ein Mann in ihrem langen Leben.

Sie machte sich jedoch nicht die Mühe, hinter sein Geheimnis kommen oder ihn verstehen zu wollen, zumal sie das merkwürdige Gefühl hatte, daß er das selbst nicht vermochte.

2

Sobald sich die Herren wieder zu den Damen gesellt hatten, machte der Graf kein großes Geheimnis daraus, daß er sich um Esme Meldrum bemühte.

Er fand sie vor dem exotischen Blütenmeer stehend und auf die untergehende Sonne blickend hinreißend schön.

Im Gegensatz zu anderen Gastgebern wäre es dem Prinzen nicht im Traum eingefallen, die Vorhänge vor Einbruch der Nacht zuziehen zu lassen.

Die Kerzen in den Kandelabern waren angezündet und entfachten am Diamantcollier um Esmes Nacken ein sprühendes Feuer, das sich jedoch nicht mit dem Glanz ihrer Augen messen konnte, fand der Graf.

Da er sich mit Frauen auskannte, sah er, daß ihr Strahlen ihm galt und das leise Lächeln um ihre Lippen eine unmißverständliche Aufforderung war.

Einen Augenblick lang sah er sie nur an. Bevor sie das Schweigen brechen konnte, sagte er dann: „Wir beide wissen, daß der Sonnenuntergang, den wir in diesem Augenblick bewundern, uns einen noch schöneren Sonnenaufgang verheißt."

„Bist du sicher, daß du dir das wünschst?"

„Eine völlig unnötige Frage, die ich dir später beantworten werde", erwiderte er.

Es entstand eine kleine Pause, dann fragte er: „Welches Zimmer wurde dir zugewiesen?"

Ihr Blick verriet ihm, daß sie das gleiche ersehnte wie er, und er dankte den Göttern, daß Richard Meldrum nicht vor morgen mittag erwartet wurde.

Bevor sie antworten konnte, sagte er rasch: „Da man in diesem Haus ein Regiment unterbringen könnte, sollten wir am besten dem Beispiel des Kronprinzen folgen, um uns zu finden."

Esme lachte, und er stimmte ein. Ihnen war beiden bekannt, daß der Kronprinz jedesmal, wenn er sich einem hübschen Mädchen in einem Haus nähern wollte, mit dessen Räumlichkeiten er nicht vertraut war, darum bat, sie möge eine Rose vor ihre Tür legen, damit er ihr Boudoir nicht verfehlte.

„Das wäre vielleicht ratsam", pflichtete Esme ihm bei. „Ich nehme zwar an, daß wir auf demselben Flur untergebracht sind, aber es gibt so viele Gästezimmer, daß du dich leicht verirren könntest."

Die Art, wie sie das sagte, verriet dem Grafen, was er wissen wollte und daß es ratsam wäre, sich nun von ihr zu entfernen und sich den anderen Herren anzuschließen, die an den Spieltischen Platz nahmen. Da er, der von den Damen Verwöhnte, jedoch immer das tat, was er wollte, blieb er bei dem einzigen Menschen, mit dem zu unterhalten ihn reizte, stehen.

Prinz János hatte seinen Gästen bekanntgegeben, daß die Kartenspieltische im angrenzenden Salon bereitstünden und warf einen prüfenden Blick in die Runde, um festzustellen, ob all seine Gäste sich gut unterhielten. Dabei entdeckte er die Marquise von Claydon, die in eine schimmernde grüne Seidenrobe gehüllt am Kamin stand.

Ihre Aufmerksamkeit galt nicht ihm, als er auf sie zuging, sondern zwei Personen, die sich am Fenster miteinander unterhielten. Ihr Gesichtsausdruck und das Blitzen ihrer Augen verrieten dem Prinzen nur allzu deutlich, was sie bedrückte.

Entgegen seiner gewohnten Zurückhaltung und seines Takts, für den der Prinz berühmt war, erging er sich in überschwenglichen Komplimenten. „Ich brauche dir sicher nicht zu sagen, Kathie", schmeichelte er ihr und griff nach ihrer Hand, „daß du die schönste Frau des Abends bist."

Die Augen der Marquise weiteten sich vor Überraschung. Der

Prinz war stets von ausgesuchter Höflichkeit und sehr charmant zu ihr gewesen, aber er hatte sie nie vor anderen Damen bevorzugt. Da man bei ihm ohnehin nie recht wußte, woran man war, hatte sie niemals ernsthaft in Erwägung gezogen, ihn als Liebhaber zu gewinnen.

Natürlich hätte es sie gereizt. Das Herz des Prinzen János Kovác erobert zu haben, wäre für jede Dame eine Bereicherung ihrer Liebhabersammlung gewesen, doch die Chance erschien ihr viel zu gering, als daß sie sich wirklich ernsthaft damit befaßt hätte.

Offenbar fand er sie jedoch anziehend, und das brachte sie zum erstenmal auf den Gedanken, er könne ein würdiger Nachfolger des Grafen werden.

Scheu senkte sie die Lider und blickte ihn aus halbgeschlossenen Augen an. „Liebster János", sagte sie kokett, „du bist zu liebenswürdig. Ich wünschte, ich könnte deinen Komplimenten glauben."

„Wie kannst du nur an meiner Aufrichtigkeit zweifeln?" erwiderte der Prinz. „Übrigens habe ich gerade ein Gemälde erstanden, das du dir unbedingt anschauen solltest, Kathie. Sicher wirst du mit Vergnügen feststellen, daß die abgebildete Schöne viel Ähnlichkeit mit dir hat."

Ohne ihre Erwiderung abzuwarten, geleitete er sie aus dem Salon und führte sie quer durch die Halle in ein bezauberndes Wohnzimmer. Über dem Kamin hing das von ihm erwähnte Porträt einer unbekannten Venezianerin, das aus dem frühen 18. Jahrhundert stammte.

Sie war nicht nur von ausgesuchter Schönheit, sondern hatte, wie die Marquise zugeben mußte, mit ihrem dunklen Haar und den großen dunklen Augen tatsächlich eine entfernte Ähnlichkeit mit ihr.

Während sie das Gemälde betrachtete, reckte sie den Kopf, um den sanften Schwung ihrer Nackenlinie zur Geltung zu bringen und sich am bewundernden Blick des Prinzen zu weiden.

„Danke, János“, sagte sie leise. „Der Vergleich schmeichelt mir.“

„Keineswegs“, widersprach der Prinz. „Du bist die Königin jedes Balles, den du mit deiner Anwesenheit verschönst. Neulich am Abend in Marlborough House hörte ich Prinz Albert eine ähnliche Bemerkung machen.“

„Soll ich vorgeben, daß du mich verlegen machst“, entgegnete die Marquise, „oder dich bitten, fortzufahren?“

„Nur zu gern würde ich das tun“, versicherte der Prinz, „aber als Gastgeber muß ich mich auch um die anderen Gäste kümmern. Doch wir haben schließlich noch ein ganzes Wochenende vor uns, Kathie.“

Damit griff er nach ihrer Hand, drehte sie um und küßte die Handfläche. Der Prinz beherrschte diese huldvollen Gesten meisterhaft, und die Marquise hielt unwillkürlich den Atem an, als sie Hand in Hand zur Tür gingen. Ihr Gesichtsausdruck hatte sich völlig verändert und hatte nichts mehr mit der verdrossenen Miene gemein, die sie vorhin im Salon zur Schau getragen hatte.

Der Prinz geleitete sie in den Spielsalon und nahm am Bakkarat-Tisch Platz, wo bereits zahlreiche Gäste darauf warteten, daß er die Bank übernahm und das Spiel führte.

Er bat die Marquise, zu seiner Rechten Platz zu nehmen. „Ich habe das Gefühl, daß du mir Glück bringen wirst“, sagte er dabei.

Die Marquise war entzückt. Diese Auszeichnung bedeutete, daß er für ihre Spielverluste aufkommen würde, während alle Gewinne ihr gehörten.

So reich die Angehörigen der vornehmen Gesellschaft auch sein mochten, sie hatten nie etwas dagegen, diesen Reichtum noch zu vermehren.

Die Marquise überlegte bereits, ob sie sich vom möglichen Spielgewinn die Zobelstola kaufen sollte, die George ihr verweigert hatte, weil sie angeblich zu teuer war.

Da der Prinz als sehr wohlhabend galt und die meisten seiner

Gäste ebenfalls über beträchtliche Reichtümer verfügten, waren die Einsätze am Bakkarat-Tisch sehr hoch.

Als perfekter Gastgeber sorgte Prinz János unauffällig dafür, daß diejenigen, die sich keine hohen Spielverluste leisten konnten, unversehens am Bridgetisch landeten.

Erst zwei Stunden später kehrten die Gedanken der Marquise wieder zum Grafen und zu Esme Meldrum zurück. Mittlerweile stapelten sich die Goldmünzen vor ihr auf dem Spieltisch. Erst als sie die nächste Runde verlor und befürchten mußte, daß ihr Glück sich gewendet hatte, beschloß sie, aufzuhören, solange sie noch über einen beträchtlichen Gewinn verfügte.

„Sicher würdest du gern ein Glas Champagner trinken?" schlug der Prinz vor, der ihre Gedanken zu erraten schien. „Besorgen wir uns eins, bevor ich die nächste Runde eröffne."

„Das fände ich reizend", erwiderte die Marquise.

„Du steigst doch nicht aus, Kovác?" rief einer der Spieler ihnen nach, als sie die Tür zum Salon erreichten.

„Nein, natürlich nicht", erwiderte der Prinz. „Ich will mir nur mal die Beine vertreten und meinen Durst stillen."

„Meinetwegen kannst du einen Toast auf dich ausbringen", lautete die Erwiderung, „aber beeil dich bitte. Ich brenne darauf, meine Revanche zu bekommen."

„Sollst du haben", gab der Prinz gutgelaunt zurück.

An der Seite der Marquise betrat er den Salon und nahm das Paar auf dem Sofa am anderen Ende des Raumes wahr, das sich sehr angeregt zu unterhalten schien. Es waren der Graf und Esme Meldrum.

Zur Überraschung der Marquise hielt sich noch ein weiteres Paar im Salon auf, das ebenfalls in ein lebhaftes Gespräch verwickelt schien. Es waren ihr Mann und Forella, die in dem Augenblick, als der Prinz und seine Begleiterin sich ihnen näherten, über etwas, das ihr Onkel gesagt hatte, in helles Lachen ausbrach.

Da sie dabei reizend aussah und die Marquise sich außerdem

des Interesses, das der Graf ihrer Rivalin entgegenbrachte, schmerzhaft bewußt war, mußte sie ihre üble Laune an irgend jemandem auslassen.

Sie trat zu den beiden und sagte zu Forella: „Ich hatte gehofft, du wärst vernünftig genug, beizeiten zu Bett zu gehen und deinen armen Onkel nicht länger zu behelligen und davon abzuhalten, am Kartenspiel teilzunehmen."

„Da täuschst du dich gewaltig", erwiderte der Marquis, bevor seine Nichte etwas sagen konnte. „Forella und ich hatten ein höchst interessantes Gespräch, das mir sehr viel Spaß gemacht hat."

„Freut mich", sagte die Marquise zerstreut, die aus dem Augenwinkel den Grafen in der Sitzecke beobachtete.

Der Prinz holte zwei Gläser Champagner von einem Tablett und reichte der Marquise ein Glas.

„Was ist mit dir, George? Soll ich dir etwas zu trinken besorgen?"

„Nicht nötig", wehrte der Marquis ab. „Deine Weine bei Tisch waren so erlesen, daß ich keinen Durst verspüre."

„Es freut mich, deinen Geschmack getroffen zu haben."

In diesem Augenblick schien die Marquise erst zu bemerken, daß Forella neben ihrem Onkel stand und gute Nacht sagen wollte. Ostentativ wandte sie ihr den Rücken zu und unterhielt sich mit dem Prinzen.

„Ich danke dir, Onkel George", hörte sie Forella sagen. „Du warst so lieb, und es war ein herrlicher Abend für mich." Sie küßte ihn auf die Wange und entfernte sich dann rasch, als wollte sie sich weiterer Rügen ihrer Tante entziehen.

Die Marquise beschloß in diesem Augenblick, das Mädchen so schnell wie möglich an den Mann zu bringen.

Wie aus heiterem Himmel kam ihr blitzartig eine Idee, wie sie zwei Fliegen mit einer Klappe schlagen könnte.

In der Halle angelangt, hatte Forella es nicht mehr eilig, sondern stieg langsam die geschwungene Treppe mit dem kunstvoll verzierten Geländer hoch und genoß die gepflegte Atmosphäre des Schlosses. Ganz gleich, was die anderen morgen unternehmen würden, sie würde sich jemand suchen, der ihr die Räumlichkeiten und vor allem die Gemäldegalerie zeigte.

Von ihrer Mutter hatte sie die Vorliebe für die bildende Kunst geerbt und in jeder Stadt, in der sie Station gemacht hatten, die Museen besucht. Auch die Schönheiten fremder Länder und Kulturen hatte sie schätzen und lieben gelernt.

„Überall gibt es schöne Dinge zu sehen, Kleines", hatte ihre Mutter einmal gesagt. „Man braucht sie nicht zu besitzen, um sich daran erfreuen zu können, sondern behält sie in Erinnerung. Das kann dir keiner nehmen, ob du nun arm bist oder reich."

Forella hatte das stets beherzigt, und während sie jetzt den Gang entlangschlenderte und sich an den kostbaren Möbeln, den reichverzierten Wandspiegeln und den gemalten Werken alter Meister an den Wänden erfreute, bildete sie sich ein, dies alles zu besitzen.

Wenn ich das nächste Mal in einem Zelt inmitten der Wüste hocke, dachte sie, oder in einer winzigen Koje auf einem übelriechendem Dampfer nächtige, werde ich von all diesen schönen Dingen träumen.

Es versetzte ihr einen Stich, als ihr bewußt wurde, daß es für sie keine Reisen ins Unbekannte, keine Entbehrungen und Abenteuer mehr geben würde. Statt dessen mußte sie sich in das gesellschaftliche Leben einfügen, das ihr Onkel und ihre Tante führten und sie selbst ungemein langweilig und zuweilen unverständlich fand.

Sie essen und reden, reden und essen, Tag für Tag, dachte sie. Kein Wunder, wenn die Männer alle dick und die Frauen giftig werden.

Sie war viel zu intelligent und vielseitig interessiert, als daß sie Sinn für die bissigen Bemerkungen gehabt hätte, mit denen ihre Tante in Gegenwart von Freunden oder ihrem Mann über andere herzog. Ihr war auch nicht entgangen, daß die Stimme der

Marquise einen ganz anderen Klang bekam, wenn sie sich mit gutaussehenden Herren unterhielt, die in ihrem Haus ein und aus gingen.

Forella verstand deren Scherze nicht und wußte auch mit ihren Anspielungen nichts anzufangen. Sie erfaßte nur, daß das alles unwichtig war, und sehnte sich nach den Gesprächen mit ihrem Vater über die Sitten der Berber, der Bedeutung von Mekka für die Moslems oder die nächste Expedition, die sie unternehmen würden, zurück.

„O Papa“, weinte ihr Herz. „Warum hast du mich verlassen?“

In ihrem Zimmer wartete eine Zofe auf sie, um ihr beim Auskleiden behilflich zu sein. Dieser Luxus wurde ihr im Hause ihres Onkels in der Park Lane nicht gewährt.

„Tut mir leid“, sagte sie entschuldigend. „Ich hätte Ihnen sagen sollen, daß Sie meinetwegen nicht aufzubleiben brauchen.“

„Das ist meine Pflicht, Miß“, erwiderte das Mädchen.

„Ist das nicht sehr ermüdend?“ erkundigte sich Forella teilnahmsvoll.

„Manchmal finde ich Gelegenheit, mich nachmittags ein Stündchen auszuruhen, Miß. Nur an Wochenenden, wenn das Haus voller Gäste ist, müssen wir so lange Dienst tun.“ Bevor Forella etwas erwidern konnte, fuhr sie fort: „Sie sind früh dran, Miß. Die übrigen Damen werden kaum vor Morgengrauen ihre Zimmer aufsuchen.“

Forella fand das sehr rücksichtslos, besonders der Zofe ihrer Tante gegenüber, die nebenan wachbleiben mußte, obwohl sie nicht mehr die Jüngste war.

Doch dann sagte sie sich, daß es ihr nicht zukäme, Kritik zu üben. Während die Zofe ihre Robe in den Wandschrank hängte, vergewisserte sich Forella, daß die Verbindungstür zum Nebengemach verschlossen war. Dabei lächelte sie ein wenig, weil Tante Kathie nun beim besten Willen keinen Grund finden würde, um sich über sie zu beschweren, weil sie zu laut schnarchte oder im Zimmer umherging.

Das Gästezimmer, in dem Forella untergebracht war, wirkte sehr geräumig mit dem breiten, mit Seidenvorhängen umgebenen Bett.

„Sehr aufmerksam von Lady Roehampton, dir das Zimmer neben uns anzuweisen", hatte die Marquise bei ihrer Ankunft geäußert. „Gewöhnlich werden alleinstehende junge Mädchen in einem anderen Flügel des Schlosses untergebracht."

Das klang weniger anerkennend als vorwurfsvoll, war sie doch nach wie vor der Meinung, ein junges Mädchen habe auf einer Hausparty mit überwiegend älteren Gästen nichts zu suchen.

„Prinz János pflegt sonst nie so junge Leute zu sich einzuladen", hatte sie hinzugefügt.

Darauf wußte Forella beim besten Willen nichts zu erwidern und hatte geschwiegen.

In dem harten Ton, den ihre Tante ihr gegenüber anzuschlagen pflegte, hatte sie abschließend gesagt: „Du solltest dich glücklich schätzen, daß er uns zuliebe in deinem Falle eine Ausnahme gemacht hat."

„Ich bin euch sehr dankbar dafür, Tante Kathie."

„Dazu hast du auch allen Grund. Nun, äußerlich machst du uns zumindest keine Schande, obwohl dein Onkel sicher einen schönen Schreck bekommen wird, wenn ihm die Rechnungen präsentiert werden."

Solche und ähnliche Anspielungen hatte Forella sich schon so oft anhören müssen, daß sie nicht mehr so stark darunter litt wie anfangs.

„Danke, Onkel George", sagte sie, als sie mit dem Marquis allein war. „Du bist so lieb und großzügig und hast mir so viele schöne Kleider gekauft. Dabei wäre ich auch mit weniger ausgekommen."

Ihr Onkel hatte ihr lächelnd auf die Schulter geklopft. „Du siehst reizend aus, meine Liebe. Schöne Kleider sind sehr wichtig für eine Frau."

„Mag schon sein, aber sie sind so schrecklich teuer!"

„Du wirst mich nicht gleich ruinieren", versicherte er ihr lachend. „Und es wird mir ein Vergnügen sein, dich eines Tages zum Altar zu geleiten, wenn du dich mit einer bedeutenden Persönlichkeit vermählst."

Forella wußte, daß die „bedeutende Persönlichkeit" jemand aus seinen Kreisen sein sollte, damit es eine standesgemäße Verbindung war.

Am liebsten hätte sie ihm klargemacht, daß sie viel lieber einen Forscher oder einen Ausländer heiraten würde, unterließ es aber, um ihre Tante nicht zu schockieren.

Seit sie in London eingetroffen war, hatte ihre Tante ihr ständig vorgehalten, die Lebensweise ihres Vaters sei unschicklich, um nicht zu sagen empörend gewesen, und sie könne sich glücklich preisen, davor bewahrt worden zu sein.

Es war sinnlos, ihr zu widersprechen, ihr klarzumachen zu versuchen, daß sie nächtelang wach lag, weil sie das viel zu weiche Bett haßte und das Gefühl, zwischen vier Wänden eingesperrt zu sein, als beklemmend empfand und sich statt dessen nach den Nächten in der freien Natur unter blinkendem Sternenhimmel sehnte, nach dem wogenden Meer unter ihrer Koje.

Tante Kathie könnte das nicht verstehen, dachte sie verzweifelt und hielt es auch für sinnlos, irgendeinem anderen Menschen anzuvertrauen, wie ihr ums Herz war.

Sie zog die schweren Brokatvorhänge auf und öffnete beide Fensterflügel, um die frische Nachtluft hereinzulassen.

Sterne blinkten am Himmel, aber sie waren nicht so hell und so zahlreich wie im Fernen Osten. Der Mond spiegelte sich im See vor dem Schloß und tauchte die uralten Eichen am anderen Ende des Parks in sichtbar silbernes Licht.

Wenn Papa bei mir wäre, sagte sie sich, würde er mit mir die Geschichte des Schlosses erforschen und mich lehren, seinen Wert zu erkennen. Über die Menschen, die sich darin aufhalten, würde er sich lustig machen.

Sie nahm sich vor, zu der gleichen Einstellung zu gelangen.

Ihre Niedergeschlagenheit war nur darauf zurückzuführen, daß sie das ungewohnte neue Leben bei ihren Verwandten zu ernst genommen hatte.

Ich sollte es lediglich als eine unangenehme Phase meines Lebens betrachten, machte sie sich weiter Mut, wie etwa eine Bergtour mit Blasen an den Füßen oder die Übernachtung in einer dieser Elendshütten in Indien, die gelegentlich von Schlangen heimgesucht wurden.

Sie erinnerte sich an einen Aufenthalt in der Türkei, als sie mit ihren Eltern in einen gefährlichen Sturm geraten war und sie in einer Höhle Unterschlupf gesucht hatten, in der es streng nach wilden Tieren roch. Schon nach kurzer Zeit hatten sie sich kratzen müssen, weil das Ungeziefer, das die vierbeinigen Höhlenbewohner zurückgelassen hatten, sie gebissen hatte.

Ihr Vater hatte herzhaft geflucht über den Juckreiz und war von ihrer Mutter gerügt worden. „Ein paar ordentliche englische Flüche haben noch keinem geschadet", hatte er lachend erwidert. „Hoffentlich verstehen die verdammten Flöhe unsere Sprache."

Darüber hatten sie herzhaft gelacht und danach alles mit heiterer Gelassenheit ertragen.

Ich muß über alles, was mit mir geschieht, mit einem Lachen hinweggehen, nahm sie sich vor.

Sie ging zu Bett und schlief, den Blick auf den Sternenhimmel gerichtet, kurz darauf ein.

Forella träumte, mit ihrem Vater zusammen zu sein, als das Geräusch einer sich öffnenden Tür sie weckte. Da sie häufig an fremden Orten genächtigt hatte, hatte sie einen sehr leichten Schlaf. Das leise Rascheln einer Kobra auf dem Lehmboden oder das Schnaufen eines wilden Tieres vor der Hüttentür hatte sie sofort hellwach gemacht.

Zu ihrer Bestürzung stellte sie fest, daß jemand in ihr Zimmer eingedrungen war. Sie konnte die Gestalt in dem spärlichen

Mondlicht, das durchs Fenster eindrang, nicht erkennen. Doch Angst verspürte sie nicht.

Erst als sich die Gestalt auf ihr Bett zu bewegte, hielt sie erschrocken den Atem an und flüsterte: „Wer sind Sie? Was wollen Sie?“

Es war eine Männerstimme, die leise fragte: „Esme?“

Gerade wollte sie einen Schreckensschrei ausstoßen, als die Verbindungstür geöffnet wurde und ihre Tante mit einem Kerzenleuchter mit brennenden Kerzen in der Hand auftauchte.

Sie trug ein spitzenbesetztes Seidennegligé und sah hinreißend aus. Ohne Forella zu beachten, wandte sie sich an den Mann neben ihrem Bett, der mit dem Rücken zum Fenster stand.

Im Kerzenlicht erkannte Forella, daß es Graf Sherburn war, der sie erschreckt hatte. Fassungslos starrte er sie an und schien wie versteinert.

Der Blick der Marquise kreuzte sich mit dem seinen, dann sagte sie mit lauter Stimme: „Unglaublich, Osmond! Wie kannst du nur etwas so Geschmackloses tun, ein junges Ding wie Forella verführen zu wollen?“

Einen Augenblick lang schien der Graf Mühe zu haben, seine Sprache wiederzufinden. Schließlich stieß er hervor: „Natürlich habe ich mich in der Zimmertür geirrt!“

„Du erwartest doch nicht im Ernst, daß ich dir das glaube?“ gab die Marquise zurück.

Ihre Stimme klang spöttisch, und Forella glaubte einen triumphierenden Zug um ihre Mundwinkel zu entdecken, der wenig Gutes verhieß.

Sie wandte den Kopf und rief nach hinten: „George, komm bitte sofort hierher. Es ist tatsächlich jemand in Forellas Zimmer eingedrungen.“

Ihre Worte schienen den Grafen aus seiner Erstarrung zu lösen. Er trat vom Bett weg in die Mitte des Zimmers und zwang die Marquise, ihn anzusehen. Obwohl er die Stimme senkte, konnte Forella verstehen, was er sagte.

„Du kennst den wahren Sachverhalt genau, Kathie, und solltest in deinem eigenen Interesse keine Szene machen."

„Ich halte mich genau an das, was ich sehe", gab die Marquise ebenfalls in gedämpftem Tonfall zurück. Dann schien sie zu spüren, daß ihr Mann hinter ihr stand, denn sie sagte laut und vernehmlich: „Es ist eine Schande, daß du dich ins Schlafzimmer eines jungen Mädchens eingeschlichen hast, um deine Gelüste zu befriedigen."

„Was hat das alles zu bedeuten? Was geht hier vor?" wollte der Marquis wissen.

„Das fragst du noch, George?" entgegnete die Marquise. „Ich sagte dir doch, daß ich nebenan ein Geräusch gehört habe. Ich schaute sofort nach und sah Osmond neben Forellas Bett stehen."

Für einen Augenblick war der Marquis wie betäubt. „Was hat das alles zu bedeuten, Sherburn?" fragte er dann. „Du hast das Mädchen doch erst heute abend kennengelernt!"

Die Marquise lachte spöttisch. „Woher sollen wir wissen, ob sie sich nicht von London her kennen oder Osmond plötzlich eine Vorliebe für Junggemüse entwickelt hat? Jedenfalls solltest du sofort etwas dagegen unternehmen."

„Was denn?" fragte der Marquis noch immer reichlich verstört, schien dann aber zu spüren, daß mehr von ihm erwartet wurde, und fügte hinzu: „Du solltest dich auf jeden Fall entschuldigen, Sherburn."

„Ich habe bereits alles erklärt", erwiderte der Graf. „Ich bin versehentlich ins falsche Zimmer geraten. Du wirst mir das doch glauben, George, wenn deine Frau es schon nicht tut."

„Nun, wenn das so ist . . .", murmelte der Marquis, wurde aber sofort von seiner Frau unterbrochen.

„Mein lieber George, du mußt doch zugeben, daß unter den gegebenen Umständen unser lieber Freund, der Graf, die Pflicht hat, die Ehre unserer Nichte auf die einzig mögliche Weise wiederherzustellen."

„Gütiger Himmel, du meinst doch nicht etwa . . .?“ fragte der Marquis bestürzt.

„Ich finde“, sagte die Marquise entschlossen, „daß Osmond als Ehrenmann handeln und um Forellas Hand anhalten sollte!“

Stille trat ein, als sie es ausgesprochen hatte. Dem Grafen stockte der Atem.

Dann rief Forella, die sich unwillkürlich im Bett aufgerichtet hatte, entsetzt aus: „Nein, nein! Das nicht! Es war . . . ein Versehen, Tante Kathie. Bestimmt war es ein Versehen!“

Sie erinnerte sich, wie intensiv sich der Graf mit der schönen Lady Meldrum auf dem Ecksofa unterhalten hatte und daß die beiden ihr wie der Held und die Heldin in einem Theaterstück vorgekommen waren, die heftig miteinander flirteten, mit den Augen, einem Zucken der Lippen, kleinen Gesten mit den Händen.

Forella hätte ihnen stundenlang zuschauen können, hätte sie nicht befürchtet, dabei aufzufallen. Deshalb hatte sie sich auf das Gespräch mit ihrem Onkel konzentriert und ihm ihre Aufmerksamkeit zugewandt.

Ihr war klar, daß der Graf mit Lady Esme allein sein wollte, was unten im Salon nicht möglich gewesen war. Er hatte sie in ihrem Schlafgemach aufsuchen wollen, wo er zweifellos von ihr erwartet wurde, und war irrtümlich an die falsche Tür geraten.

Ihr Protest bewirkte, daß die Marquise sie böse anfunkelte und schroff beschied: „Sei du doch still! Zweifellos bist du für dieses zügellose Benehmen ebenso verantwortlich wie er. Kein Mann hätte gewagt, in dein Schlafzimmer einzudringen, wenn du ihn nicht dazu ermutigt hättest!“

Diese ungeheuerliche Anschuldigung ihrer Tante verschlug ihr die Sprache. Bevor sie etwas erwidern und ihre Unschuld beteuern konnte, ließ ihr Onkel sich vernehmen.

„Du solltest dich ehrenvoll aus der Affäre ziehen, Sherburn“, sagte er. „Ich kann nicht dulden, daß du den Ruf meiner Nichte durch einen solchen Skandal zerstörst.“

Wieder trat Stille ein. Ängstlich blickte Forella den Grafen an. Noch nie hatte sie einen so grimmigen und verächtlichen Gesichtsausdruck bei einem Mann gesehen wie bei ihm.

Er sah nicht ihren Onkel an, sondern wandte sich an ihre Tante.

„Also gut, du hast gewonnen! Ich werde deine Nichte heiraten und hoffe, es macht ihr Spaß, mit mir verheiratet zu sein!"

Seine Worte, der verächtliche Ton, den er anschlug, schienen im Zimmer widerzuhallen.

Mit langen Schritten ging er zur Tür, riß sie auf und schlug sie wenig später mit lautem Knall hinter sich zu.

Forella fand ihre Stimme wieder. „Nein, bitte, Onkel George! Das alles ist ein schreckliches Mißverständnis . . .", stammelte sie.

„Das ist sicher wahr", unterbrach sie der Marquis, „doch deine Tante hat recht. Du kannst es dir nicht leisten, deinen guten Ruf aufs Spiel zu setzen, bevor du überhaupt in die Gesellschaft eingeführt worden bist."

Damit verschwand er durch die Verbindungstür in sein Schlafgemach. Forella sah ihm voller Verzweiflung nach.

„Warte bitte . . ., Onkel George, warte doch!" rief sie.

Ihre Tante trat ans Bettende und bedachte sie mit vernichtendem Blick.

„Halt den Mund und sei keine Närrin! Ich habe dir so zu einem Ehemann verholfen, nach dem sich andere Mädchen die Finger lecken würden. Obwohl er dir zweifellos das Leben nicht leichtmachen wird, wirst du immerhin die Gräfin Sherburn sein."

Diese Worte spie sie Forella förmlich ins Gesicht, und dann, als könnte sie den Anblick ihrer Nichte nicht länger ertragen, machte sie auf dem Absatz kehrt, nahm den Kerzenleuchter auf und folgte ihrem Mann ins gemeinsame Schlafgemach.

Forella hatte immer noch das Gefühl, einen bösen Traum zu haben, aus dem sie jeden Augenblick erwachen mußte. Eines wußte sie jedoch in diesem Augenblick mit Sicherheit: Sie konnte diesen Mann, den sie eben erst kennengelernt hatte und der zudem eine andere liebte, nicht heiraten.

„Bitte, Papa!" betete sie. „Rette mich!"

Vom Fenster aus blickte sie auf den Sternenhimmel.

Den Grafen bewegten ähnliche Empfindungen wie Forella, als er in sein Schlafgemach zurückkehrte. Ihm war, als sei er in einem Alptraum gefangen, von dem er sich nicht befreien konnte.

Wie er in diese mißliche Lage geraten war, wußte er nur zu genau. Nachdem sich alle zur Ruhe begeben hatten, war Kathie auf den Gang geschlichen und hatte die Rose vor Esmes Zimmertür liegen sehen. Früher einmal hatten sie sich über die Marotte des Kronprinzen lustig gemacht, auf diese Weise die Tür zum Gemach der gerade in seiner Gunst stehenden Dame zu kennzeichnen. Kathie mußte sich daran erinnert und angenommen haben, daß er auf die gleiche Weise zu Esme gelangen wollte.

Ihr bösartiger Racheakt überbot alles, was er bisher mit seinen Mätressen erlebt hatte. Seine Affären waren alle von kurzer Dauer, aber noch nie hatte eine seiner verlassenen Geliebten mehr getan, als ihm bittere Tränen nachzuweinen. Im Gegensatz zum Kronprinzen, dem es stets gelang, freundschaftlich mit seinen ehemaligen Geliebten zu verkehren, hatte der Graf jedoch manche Szene oder gar Drohung über sehr ergehen lassen müssen.

Doch noch niemals war eine solche Drohung, und mochte sie noch so dramatisch ausgefallen sein, in die Tat umgesetzt worden.

Die Marquise konnte den zweifelhaften Ruhm für sich in Anspruch nehmen, sich als erste bitter an ihm gerächt zu haben, und er hatte keine Ahnung, wie er sich aus der Affäre ziehen sollte.

Er hatte keineswegs die Absicht, sich in absehbarer Zeit zu vermählen, schon gar nicht mit einem blutjungen Ding, das vielleicht ein gehorsames Weib sein, aber ihn bereits nach einem Monat Ehe tödlich langweilen würde.

Alles in ihm sträubte sich dagegen, zu einer Ehe gezwungen zu werden, sich auf diese infame Weise einfangen zu lassen.

„Ich tue es nicht!" nahm er sich vor. „Ich will verdammt sein, wenn ich es tue!"

Wütend warf er sich aufs Bett und suchte nach einem Ausweg. Die Marquise hatte alle Trümpfe in der Hand und würde sie auch ohne Zögern ausspielen. Wenn er etwas dagegen unternehmen wollte, mußte er rasch handeln. Kathie würde morgen schon Lady Roehampton, wenn nicht gar den Prinzen, davon unterrichten, daß er um Forellas Hand angehalten habe. Um das Mädchen zu schützen, würde sie sich nicht über die näheren Umstände auslassen, die zu diesem überraschenden Antrag geführt hatten. Wie er sie einschätzte, würde sie andeuten, sie hätten sich gleich nach Forellas Ankunft aus Neapel in London kennengelernt und er habe die Gelegenheit wahrgenommen, ihren Onkel und ihre Tante anläßlich der Zusammenkunft auf dem Schloß von seinen Absichten zu unterrichten.

Nicht wenige der anwesenden Gäste würden diese Darstellung angesichts der Art und Weise, wie er sich um Lady Meldum bemüht hatte, anzweifeln, doch man würde sich daran ergötzen, daß es ihn, der bisher geschickt einer festen Bindung ausgewichen war, endlich auch erwischt hatte.

Er hörte förmlich, wie sie ihn überschwenglich und mit boshaftem Unterton zu seiner bevorstehenden Vermählung beglückwünschten.

Was zum Teufel, soll ich dagegen tun?, fragte er sich.

Der Gedanke, sich ins Ausland abzusetzen, durchzuckte ihn, aber das würde ihm auch nicht helfen, denn er konnte nicht ewig von England wegbleiben. Es würde auch nichts helfen, Forella zu bitten, sich dem Wunsch ihrer Tante zu widersetzen. Das junge Mädchen würde von ihren Verwandten sicher überstimmt werden.

Kathie würde froh sein, das junge Mädchen loszuwerden. Der Graf kannte sich in der Psyche der Frauen aus und hatte sofort gewußt, daß diese junge Nichte der Marquise ein Dorn im Auge war.

„Ich hasse junge Mädchen!" hatte Kathie einmal zu ihm gesagt. „Ich kann mir einfach nicht vorstellen, wie sie jemals zu amüsanten und charmanten Frauen werden."

„Du bist doch auch einmal so jung gewesen", hatte er mit leichtem Spott erwidert.

„Niemals!" hatte Kathie sich ereifert. „Ich bin erfahren und und weise geboren worden und war von klein auf die verführerische Hexe, der auch du verfallen bist."

„Allerdings", hatte der Graf erwidert. „Du hast mich vom ersten Augenblick an verhext."

Das wollte sie hören. Ihre Arme umschlangen seinen Hals, er spürte die Wärme ihres Körpers und konnte ihrem Zauber nicht widerstehen.

Daß Hexen auch gefährlich sein konnten, hatte er jetzt erfahren müssen, und er wünschte, er hätte sich niemals mit Kathie eingelassen.

Im Grunde waren ihm hellhaarige Frauen mit blauen Augen ohnehin immer lieber gewesen, weil sie gewöhnlich etwas beschränkt waren.

Die Marquise war zweifellos eine der schönsten und aufregendsten Frauen, die ihm je begegnet waren, aber ihr schwarzes Haar und ihre schwarzen Augen hätten ihn warnen sollen. Er hätte wissen müssen, daß sie zu den Frauen gehörte, die rachsüchtig und gefährlich werden konnten, wie er es jetzt am eigenen Leibe zu spüren bekommen hatte.

Aber diese Erkenntnis kam zu spät. Er war in die Falle getappt, die sie ihm gestellt hatte, und würde sich trotz heftigen Sträubens nicht daraus befreien können.

3

Der Prinz war Frühaufsteher und ritt gewöhnlich bereits um sechs Uhr morgens aus. An diesem Morgen stellte er nach dem Stand der Morgensonne fest, daß es noch früher sein mußte.

Als er sich zu Bett begeben hatte, war er von Unruhe erfüllt gewesen, die seinem ausgeprägten Instinkt für Spannungen, die in der Luft lagen, entsprang.

Irgend etwas braute sich zusammen. Er wußte nicht genau was, aber es hatte mit der Marquise und Lady Esme zu tun, soviel stand für ihn fest.

Da es ihn morgens, wenn er aufwachte, stets nach Bewegung drängte, kleidete er sich an, ohne seinen Diener zu rufen, begab sich nach unten und strebte den Ställen zu.

Die jüngeren Hausmädchen begannen bereits, die Räume zu säubern und zu lüften, während die Hausdiener die Gläser und Aschenbecher wegräumten, die im Salon und im Spielzimmer herumstanden. Später würden die älteren Diener erscheinen, die Arbeit der Aushilfskräfte beaufsichtigen und ihnen Anweisung erteilen, was zu tun war, damit überall wieder tadellose Ordnung herrschte, wenn die ersten Gäste unten erschienen.

Da er früher als gewöhnlich auftauchte, warfen ihm die Dienstboten besorgte Blicke zu, als befürchteten sie, irgend etwas falsch gemacht zu haben.

Doch der Prinz ging ohne Aufenthalt zu den Ställen weiter, um sich eines seiner feurigen Pferde satteln zu lassen. Er liebte dieses Kräftemessen mit einem edlen Tier. Gewöhnlich ging er als Sieger daraus hervor, aber es erfüllte ihn mit Genugtuung, darum kämpfen zu müssen.

Gewöhnlich ließ er aus Ungarn nicht völlig austrainierte Pferde kommen, und sein Talent im Umgang mit den Tieren wurde von allen, die ihn kannten und beim Trainig beobachteten, bewundert.

Das Stallgebäude war völlig umgebaut worden, als er das Schloß erworben hatte, und er mußte dem Architekten zugestehen, daß der Neubau sich harmonisch in die Anlage des Schlosses einfügte. Seine Pferde waren komfortabler untergebracht als die aller anderen Gestütsherren im Umkreis.

Da er zu früh dran war, hielt sich nur ein Stallbursche bei den Tieren auf. Er rief sofort den Stallmeister, während der Prinz die Boxen abschritt und überlegte, welches Tier er satteln lassen sollte. Befriedigt stellte er fest, daß seine Neuerwerbung aus Ungarn nicht mehr mit den Hufen gegen die Boxen donnerte, um seinen Freiheitswillen kundzutun, sondern sich offensichtlich mit seinem Schicksal abgefunden hatte.

Der Prinz entschied sich an diesem Morgen, an dem ihn selbst widerstrebende Gefühle beherrschten, für dieses Pferd, das er Aspád getauft hatte.

Gerade wollte er die Box öffnen, da hörte er hinter sich das Schnaufen seines Stallmeisters, der eilig näher kam.

„Guten Morgen, Euer Hoheit!“ sagte der Mann respektvoll. „So früh hatte ich Sie noch nicht erwartet.“

„Ich weiß, Barton“, erwiderte der Prinz, „aber es ist ein so herrlicher Morgen, und ich brauche Bewegung.“

Er wußte, daß die gesamte Dienerschaft sich darüber wunderte, daß er stets früh auf war, ganz gleich, wie spät er ins Bett gekommen war, und immer frisch und energiegeladen wirkte, als habe er acht Stunden Schlaf hinter sich.

Der Prinz hatte seinen Körper ebenso eisern unter Kontrolle wie seine Gefühle und konnte aufgrund seiner Willenskraft mit drei Stunden Schlaf auskommen, wenn andere doppelt soviel Zeit brauchten, um sich von den Strapazen einer durchzechten Nacht zu erholen.

„Ich habe mir überlegt, daß ich heute einmal Aspád reiten werde, Barton“, sagte er. „Er kommt mir viel ruhiger vor als bei seiner Ankunft.“

„Ist er auch, Euer Hoheit“, bestätigte der Stallmeister. „Ein prächtiges Pferd ist das. Sobald Euer Hoheit ihn eingeritten haben, wird er alle anderen in den Schatten stellen.“

„Der Meinung bin ich auch“, erwiderte der Prinz. Er wollte Barton an sich vorbeilassen, doch der Stallmeister zögerte und hatte offensichtlich noch etwas auf dem Herzen.

Stirnrunzelnd sah der Prinz ihn an. „Was gibt's?“ fragte er.

„Mir wurde gerade mitgeteilt, Euer Hoheit, daß einer Ihrer Gäste heute früh die Ställe aufsuchte“, entgegnete Barton verlegen. „Jeb hatte Dienst, und der Dummkopf konnte nicht verhindern, daß sie mit György wegritt.“

Der Prinz sah den Mann verblüfft an. „György?“ rief er aus.

„Ja, Euer Hoheit. Natürlich hätte ich es nicht geduldet, wenn ich dagewesen wäre. György ist ein feines Pferd, aber nicht das richtige für eine Dame.“

Darin mußte der Prinz ihm recht geben. Er hatte György erst kürzlich zugeritten, aber das Tier war zuweilen noch unberechenbar und neigte zu Temperamentsausbrüchen. Für eine Dame, und mochte sie eine noch so erfahrene Reiterin sein, war er deshalb denkbar ungeeignet.

„Da stimmt irgend etwas nicht, Barton“, stellte er fest. „Hat Jeb dir gesagt, wie die Dame hieß?“

„Sie hat ihren Namen nicht genannt, Euer Hoheit“, entgegnete Barton. „Jeb meinte nur, sie sei sehr hübsch gewesen und viel jünger als Ihre anderen Gäste.“

„Sattle Jóska für mich. Ich werde indessen Jeb fragen, in welche Richtung die Dame geritten ist.“

Der Prinz verließ den Stall, und Barton beeilte sich, dem Befehl nachzukommen. Offenbar hatte der Prinz es eilig und keine Zeit, Aspad zu bändigen.

Jóska war eines der schnellsten und kräftigsten Pferde im Stall und würde seinen Reiter schneller zu seinem Ziel bringen als alle anderen Tiere.

Der Prinz traf Jeb auf dem Hof. Der Bursche hatte einen Eimer Wasser in der Hand und sah seinen Herrn ängstlich an, weil Barton ihm bereits zu verstehen gegeben hatte, welchen Fehler er gemacht hatte.

„Hast du eine Ahnung, Jeb“, fragte der Prinz ruhig, „in welche Richtung Miß Claye mit György geritten ist?“

„Gewiß, Euer Hoheit.“ Jeb stellte den Eimer ab und wies zum entfernten Ende des Parks hinüber. „Ich hab’ ihr nachgeschaut, Euer Hoheit. György bockte zwar, aber sie saß fest im Sattel und schien ihn bestens im Griff zu haben.“

„Hoffen wir’s“, murmelte der Prinz vor sich hin und wandte sich Barton zu, der den gesattelten Jóska auf den Hof führte. Er schwang sich in den Sattel des mächtigen schwarzen Hengstes, ergriff die Zügel und lenkte ihn in die vom Stallburschen angegebene Richtung.

Während das Pferd durch den Park galoppierte, überlegte er, welcher Teufel das junge Mädchen geritten haben mochte, sich für den frühen Ausflug ausgerechnet György auszusuchen, den er selbst kaum bändigen konnte.

Bei jedem kleinen Geräusch scheute er, und der Prinz war darauf gefaßt, diese Miß Claye, an deren Vornamen er sich nicht erinnerte, irgendwo bewußtlos am Boden liegen zu sehen und sie ins Haus bringen zu müssen, während seine Leute versuchen würden, den durchgegangenen György wieder einzufangen.

Nicht im Traum wäre ihm eingefallen, daß einer seiner Gäste früher aufstehen könnte als er, sonst hätte er Barton angewiesen, seinen Stalldienst früher anzutreten und der Frühaufsteherin das geeignete Pferd zu satteln.

Es war töricht von Jeb, Barton nicht zu wecken und um Rat zu fragen, als das Mädchen den Wunsch geäußert hatte, ausgerechnet diesen Feuerteufel zu reiten.

Vergebens versuchte der Prinz, sich das Aussehen des Mädchens ins Gedächtnis zurückzurufen. Eins glaubte er jedoch zu wissen: Sie war nicht der Typ der geübten Reiterin mit Pferdeverstand. Er konnte nur hoffen, daß sie nach dem Abwurf auf weichem Boden gelandet war, möglichst auf Wiesengelände, und sich nichts gebrochen hatte.

Auf jeden Fall würde der Zwischenfall Aufsehen erregen und die Party erheblich stören. Er würde sich bei der Marquise dafür entschuldigen müssen, daß ihre Nichte durch eines seiner Pferde zu Schaden gekommen war.

Am Ende des Parks angelangt, gab der Prinz die Zügel frei und ließ Jóska über die Ebene galoppieren, dann ging es langsam eine Anhöhe hoch, von der aus ein weites Tal mit einem Flußlauf in der Mitte meilenweit einzusehen war. Auf der Anhöhe zügelte er Jóska und suchte die nähere Umgebung nach einer regungslos am Boden liegenden Gestalt und einem davonstiebenden György ab, aber er konnte nichts dergleichen entdecken.

Auch im weiter entfernten Wald, der bis zum Flußlauf reichte, war kein Reiter auszumachen. Dann erspähte er in etwa zwei Meilen Entfernung die Gesuchte.

Erstaunt stellte er fest, daß das Mädchen noch fest im Sattel saß. Im Schritt führte sie György dicht am Ufer entlang, als suche sie eine Stelle, wo sie mit dem Pferd den durch Regengüsse angeschwollenen Flußlauf durchqueren konnte, ohne abgetrieben zu werden. Weshalb sie ans andere Ufer wollte, war ihm unerfindlich.

Doch zu weiteren Überlegungen blieb ihm keine Zeit. Je schneller er das Mädchen erreichte, desto besser, sagte er sich und lenkte sein Pferd den Abhang hinunter. Dann gab er ihm erneut die Zügel frei. In schätzungsweise einer Viertelstunde würde er die Reiterin eingeholt haben.

Noch immer suchte sie das Ufer nach einer seichten Stelle ab London lag in nördlicher Richtung, hatte sie sich ausgerechnet, also würde sie nach Süden reiten. Die englische Landschaft war ihr völlig unbekannt, und sie wußte auch nicht, wie weit der Besitz des Prinzen reichte. Deshalb hielt sie es für ratsam, das andere Ufer anzustreben. Die Wiese wirkte dort verwahrlost, die Büsche waren verwildert, als kümmere sich keiner um die Pflege.

Nur ein Gedanke beherrschte sie: weg vom Schloß, so weit wie möglich. Sie hatte ein Pferd ausgewählt, das Kraft und Ausdauer verriet und einen Tagesritt mit ihr im Sattel ohne weiteres bewältigen würde.

An einer Stelle, wo sie zum erstenmal den Grund des Flusses sehen konnte, zügelte sie György. Hier würde das Pferd ohne weiteres durchwaten können.

Sie lenkte es dem Wasser zu und blickte dabei zufällig hinter sich. In diesem Augenblick entdeckte sie den Reiter, der rasch näher kam. Sie witterte Gefahr und gab György die Sporen. Das Pferd galoppierte am Flußlauf entlang, bäumte sich jedoch zunächst auf, um seinen Reiter abzuschütteln, und als ihm das nicht gelang, bockte es ein- bis zweimal, bevor es gehorsam die angegebene Richtung einhielt.

Mit angehaltenem Atem verfolgte der Prinz die Bocksprünge des Pferdes und befürchtete jeden Augenblick, die Reiterin in hohem Bogen aus dem Sattel fliegen zu sehen.

Er traute seinen Augen nicht. Sie saß noch immer fest im Sattel und galoppierte davon. Zweifellos wollte sie ihm entkommen.

Jóska empfand den Fluchtversuch seines Stallgefährten als Herausforderung. Es bedurfte keines Peitschenhiebs, um ihn die Verfolgung aufnehmen zu lassen. Mit einem Satz preschte er vor und fegte dann mit gewaltigen Galoppsprüngen davon, um den Ausreißer einzuholen.

Forella hörte den näherkommenden Hufschlag des Verfolgers. Sie hätte nie für möglich gehalten, daß ein Pferd schneller sein könnte als das ihre.

So sehr sie György auch zur Eile antrieb, der Mann hinter ihr machte immer mehr Boden gut, kam bedrohlich nahe und würde sie an der Flucht hindern.

Verzweifelt bemühte sie sich weiter, den Verfolger abzuschütteln, bis Jóska neben ihr erschien und sie erkannte, wer ihr gefolgt war.

Es erfüllte sie mit ungeheurer Erleichterung, daß es der Prinz war und nicht, wie sie befürchtet hatte, der Marquis, den ihre Tante hinter ihr hergehetzt hatte.

Da sie einsah, daß die wilde Jagd zu Ende war, zügelte sie György mühelos, so daß er im Schritt dahintrottete. Der Prinz tat es ihr mit Jóska nach.

Nach dem wilden Ritt, den sie beide hinter sich hatten, war er ein wenig atemlos und stellte eine ganz andere Frage, als er sich unterwegs vorgenommen hatte.

„Wo, zum Teufel, haben Sie so gut reiten gelernt?"

Forella weidete sich an seiner Verblüffung und lachte. „György ist großartig! Bestimmt kommt er aus Ungarn."

„Selbstverständlich", erwiderte der Prinz. „Mich würde aber interessieren, wohin er Sie bringen sollte, Miß Claye."

Forella wollte gerade erwidern, sie habe kein bestimmtes Ziel, als ihr bewußt wurde, daß er das Bündel hinter ihrem Sattel entdeckt hatte. Es enthielt nicht viel, aber sie hatte nicht ganz ohne persönliche Habe davonreiten wollen.

Da Jeb nicht verstanden hatte, was sie wollte, hatte sie das Bündel selbst auf dem Rücken des unruhig tänzelnden György befestigt. Da sie darin Routine hatte, ihre wenigen Habseligkeiten auf einem Eselsrücken, einem Kamel oder einem Muli zu verstauen, wenn sie mit ihrem Vater unterwegs gewesen war, machte es ihr keine Schwierigkeiten, sich auf das Notwendigste zu beschränken. Mehr als eine Bürste, einen Kamm, Seife und Zahnbürste hatte sie gewöhnlich nicht in der Satteltasche gehabt.

Während sie noch fieberhaft überlegte, was sie dem Prinzen antworten sollte, sagte er mit erstaunlichem Einfühlungsvermögen: „Wenn Sie ausreißen wollen, wie es den Anschein hat, dann darf ich mir wohl die Frage erlauben, was Sie mit meinem Pferd vorhatten?"

Flammende Röte stieg ihr in die Wangen, dann antwortete sie

mit leiser Stimme: „Ich bitte um Verzeihung, daß ich es ausgeliehen habe, aber . . .. ich schwöre Ihnen, daß ich es Ihnen so bald wie möglich zurückgeschickt hätte."

Der Prinz schwieg einen Augenblick, dann schlug er vor: „Wir sollten uns in aller Ruhe darüber unterhalten. Natürlich kann ich Sie nicht zwingen, sich mir anzuvertrauen, aber ich wäre Ihnen schon Györgys wegen für ein offenes Wort sehr verbunden."

Das klang weder vorwurfsvoll noch mißbilligend, sondern voller Verständnis und ermutigte Forella, hastig zu sagen: „Es wäre viel leichter, Euer Hoheit, wenn Sie vorgeben würden, mich gar nicht gesehen zu haben und . . . mich entkommen ließen."

„Können Sie sich denn nicht vorstellen, wie quälend es für mich wäre, nicht zu wissen, was aus Ihnen und György geworden ist und nicht imstande zu sein, Ihnen zu helfen, wenn Sie in Schwierigkeiten sind?" gab der Prinz zurück.

Ein Leuchten trat in Forellas Augen. „Würden Sie mir denn helfen, wenn ich Ihnen anvertraue, was mich bedrückt?" fragte sie hoffungsvoll.

„Sagen wir", erwiderte der Prinz, „ich würde alles in meiner Macht Stehende tun, um den besten Ausweg für Sie zu finden."

Forella seufzte erleichtert auf. „Ich befürchtete, Sie würden schrecklich böse auf mich sein, weil ich György für meine Flucht entführt habe. Ich hielt ihn für das schnellste Pferd in Ihrem Stall."

„Hören Sie, Miß Claye", kam der Prinz zu einem Entschluß. „Wie wäre es, wenn wir auf einem meiner Bauernhöfe in der Nähe zusammen frühstückten und uns ausführlich unterhielten?"

Forella zögerte. Offensichtlich befürchtete sie, er suche nur eine Gelegenheit, um ihr das Pferd wegzunehmen, damit sie nicht weiter konnte, oder um sie auf irgendeine Weise zur Rückkehr zu zwingen.

„Da ist kein Trick dabei", versicherte er. „Ich habe Ihnen versprochen, Ihnen zu helfen, wenn es in meiner Macht steht, und hoffe, Sie vertrauen mir."

Sie sah ihn forschend an, und er stellte dabei fest, daß sie ganz ungewöhnliche Augen hatte. Sie hatten einen Grünschimmer, als spiegelten sie das Gras wieder, das sie umgab.

„Ich . . . vertraue Ihnen", sagte sie nach einigem Nachdenken mit leiser Stimme.

„Danke", erwiderte der Prinz. „Die Farm ist da drüben." Er wies auf einige Heuschober in der Ferne und eine dünne Rauchfahne, die aus einem Schornstein aufstieg.

Dann gab er Jóska einen Klaps mit der Peitsche und galoppierte, gefolgt von György, in die Richtung. Bewundernd stellte der Prinz fest, daß er noch nie ein Mädchen so großartig hatte reiten sehen wie seine Begleiterin, die ohne große Mühe mit György fertig zu werden schien.

Erst als sie die Farm erreichten und der Prinz dem Stall zustrebte, begann György zu bocken. Er scheute, stieg auf der Hinterhand hoch und machte Bocksprünge. Ohne sich einzumischen, stieg der Prinz aus dem Sattel und beobachtete das Kräftespiel zwischen Pferd und Reiterin.

Das Mädchen blieb nicht nur fest im Sattel sitzen, sie bekam das Pferd auch durch gutes Zureden und leichtem Schenkeldruck unter Kontrolle, wie der Prinz es nicht besser vermocht hätte.

„Nun komm schon, Junge", redete sie auf das bockende Tier ein, „jetzt kannst du dich ausruhen. Deine Mätzchen machen dich doch nur müde, und dann bist du zu erschöpft, um mich dahin zu bringen, wohin ich gerne möchte."

Ihre Stimme hatte etwas Beruhigendes, Beschwörendes an sich, fand der Prinz, und nachdem György erkannt hatte, daß er sie nicht aus dem Sattel werfen konnte, war er plötzlich lammfromm. Er ließ sich sogar ohne Protest in den Stall führen.

Ohne sich zu äußern, ging der Prinz auf das Bauernhaus zu, wo er bereits von einer rotwangigen Frau mittleren Alters an der Tür erwartet wurde. Sie knickste, als er zu ihr trat.

„Guten Morgen, Euer Hoheit. Fein, Sie mal wieder bei uns zu sehen."

„Diesmal komme ich nicht allein, Mrs. Hickson", erwiderte der Prinz, „sondern habe eine junge Dame mitgebracht, die sich ebenso auf ein gutes Frühstück freut wie ich."

Mrs. Hickson begrüßte Forella ebenfalls mit einem Knicks und führte ihre Besucher dann in einen gemütlichen Wohnraum zu einem Fenstertisch. Sie legte ein weißes Tischtuch auf, und ihr Mundwerk stand keine Sekunde still.

„Sie kommen gerade zur richtigen Zeit, Euer Hoheit", erklärte sie. „Mein Mann hat ein Schwein geschlachtet, und ich habe vorige Woche Schinken eingepökelt. Der wird Ihnen schmecken."

„Ganz bestimmt", erwiderte der Prinz. „Niemand macht so guten Pökelschinken wie Sie, Mrs. Hickson."

Die Frau lächelte geschmeichelt und verließ geschäftig den Raum, während der Prinz zuschaute, wie Forella sich auf Zehenspitzen stellte, um sich in dem hochhängenden Wandspiegel zu betrachten, nachdem sie ihren Reithut abgesetzt hatte.

Als sie sich ihm zuwandte, bemerkte er zum erstenmal, daß sie eine Schönheit war, ihr apartes Aussehen sich jedoch völlig von dem anderer Damen unterschied, die er bisher kennengelernt hatte.

Das lag nicht nur an dem Goldschimmer ihres Haares, das sich in kleinen Locken kräuselte, die sich aus dem Nackenknoten gelöst hatten, sondern vor allem an ihren großen, ausdrucksvollen Augen, der kleinen geraden Nase und den dunklen gebogenen Wimpern. Außerdem haftete ihr noch etwas ganz Besonderes an, das er nicht so recht zu definieren vermochte.

Ihr Lächeln wirkte scheu, als sie sich ihm gegenüber an den Tisch setzte.

„Wenn ich es mir recht überlegte, bin ich tatsächlich ziemlich hungrig", bekannte sie.

„Wir haben eine Menge miteinander zu besprechen", stellte der Prinz fest, „aber vorher möchte ich gern Ihren Vornamen wissen."

„Forella."

„Und zweitens", fuhr er fort, „sollten Sie mir verraten, wieso Sie besser reiten können als unsere Damen hierzulande?" Er hielt inne und fuhr dann dort: „Als ich Ihnen folgte, war ich darauf gefaßt, Sie bewußtlos am Boden liegen zu sehen, während György das Weite suchte, so daß es Stunden dauern würde, um ihn wieder einzufangen."

„Ich bin von klein auf geritten", beantwortete Forella nach einer Weile seine Frage. „Doch von all den Pferden, die ich hatte, war keines so edel wie György." Wieder schwieg sie einen Augenblick, dann fügte sie impulsiv hinzu: „Ich . . . ich hätte ihn bestimmt zurückbringen lassen!"

„Wozu überhaupt dieser Ausbruchsversuch?" Als sie schwieg, fügte er in scherzhaftem Ton hinzu: „Bin ich ein so miserabler Gastgeber, daß Sie das Schloß so kurz nach Ihrer Ankunft Hals über Kopf verlassen mußten?"

Forella blickte zum Fenster hinaus und sagte mit erstickter Stimme: „Ich . . . ich mußte einfach weg!"

„Warum?"

„Darüber möchte ich lieber nicht sprechen."

„Trotzdem wäre es mir lieber, Ihre Version zu hören als nur die Ihres Onkels und Ihrer Tante nach meiner Rückkehr ins Schloß."

„Ich . . . ich glaube kaum, daß man Ihnen die Wahrheit sagen wird."

Er spürte, daß sie etwas bedrückte, beugte sich über die Tischplatte und bat sie in sanftem, beschwörendem Tonfall, dem bisher noch keine Frau widerstanden hatte: „Bitte, vertrauen Sie mir, Forella. Ich schwöre Ihnen, daß niemand etwas davon erfährt und ich nichts tun werde, um Sie zu verletzen oder Ihre Lage noch schwieriger zu machen, als sie ohnehin schon zu sein scheint."

Langsam wandte sie den Kopf und hob die langen Wimpern. Ihr Blick schien sein Innerstes erforschen zu wollen, um sich zu vergewissern, daß sie ihm tatsächlich vertrauen konnte.

Noch nie hatte eine Frau ihn so mißtrauisch, so voller Zweifel angesehen, stellte er bei sich fest, dann kreuzten sich ihre Blicke; sie sahen sich lange an, bevor Forella von seiner Aufrichtigkeit überzeugt schien.

„Es . . . es blieb mir nichts anderes übrig, als wegzulaufen und mich irgendwo zu verbergen."

„Wovor?"

„Vor dem, was letzte Nacht geschehen ist."

„Wollen Sie mir nicht sagen, was passiert ist?"

Forella atmete tief durch, dann sagte sie tonlos, daß er sie kaum verstehen konnte: „Graf Sherburn kam versehentlich in mein Zimmer. Er . . . er nahm an, es sei Lady Esmes Schlafgemach."

Der Prinz glaubte, sich verhört zu haben. Als Forella fortfuhr, verstand er den Zusammenhang.

„Ich . . . ich habe fest geschlafen", sagte sie. „Irgend etwas weckte mich und dann . . . dann sah ich einen Mann auf mein Bett zukommen. Bevor ich etwas sagen konnte, erschien Tante Kathie."

Mehr brauchte sie nicht zu erzählen. Er konnte sich lebhaft vorstellen, daß es sich um einen Racheakt von Kathie Claydon handelte, deren haßerfüllter Blick auf Esme Meldrum ihm nicht entgangen war.

Sein Versuch, sie von ihren Rachegedanken abzubringen, indem er ihr Komplimente machte und sie ablenkte, war offenbar gescheitert.

Forellas Schilderung machte ihm deutlich, weshalb der Graf im falschen Zimmer gelandet war und daß Kathie wie die Katze vor dem Mauseloch auf ihren Auftritt gelauert hatte.

„Wie kann ich einen Mann heiraten, mit dem ich noch kein Wort gewechselt habe?" hörte er Forella verzweifelt fragen. „Deshalb blieb mir kein anderer Ausweg, als davonzulaufen."

„Ich verstehe Ihre Gefühle", sagte der Prinz bewegt.

„Wirklich? Können Sie das wirklich verstehen?"

„Natürlich", erwiderte er. „Aber wohin wollten Sie fliehen?"

Sie hob hilflos die Hände. „Ich bin erst seit zwei Wochen in England", sagte sie stockend, „und hoffte, irgendwo ein Versteck zu finden, wo ich vor Tante Kathie sicher war, bis . . . bis die Sache in Vergessenheit geraten war."

„Haben Sie denn Geld bei sich?"

„Ein wenig." Beinahe trotzig fügte sie hinzu: „Fast fünf Pfund."

„Glauben Sie, das würde ausreichen, um Sie vor dem Hungertod zu bewahren?"

„Ich . . . ich hätte mir eine Beschäftigung gesucht", erwiderte Forella eigensinnig.

„Welcher Art?"

„Darüber habe ich bereits nachgedacht", erwiderte sie. „Ich kann kochen, weiß aber, daß mich niemand ohne Zeugnisse einstellen würde. Aber ich kann Unterricht in Fremdsprachen geben, denn ich spreche viele Sprachen, einschließlich Arabisch."

Der Prinz war beeindruckt. „Wo haben Sie das gelernt?"

„Auf Reisen mit meinem Vater. Wir haben viele fremde Länder kennengelernt und uns immer bemüht, uns mit den Eingeborenen zu unterhalten."

„Ich fürchte, ich weiß sehr wenig über Sie", stellte der Prinz fest. „Erzählen Sie mir mehr über sich und Ihre Eltern, die, wie ich Ihren Worten entnommen habe, offenbar nicht mehr unter den Lebenden weilen."

„Mein Vater ist Ende Februar in Neapel an Typhus gestorben."

Seine Miene schien zu verraten, daß er sich darüber wunderte, sie nicht in Trauerkleidung zu sehen, und sie fügte erklärend hinzu: „Papa wollte nicht, daß jemand um ihn trauert, denn er . . . er glaubte nicht an den Tod." Sie hielt inne und fuhr dann fort: „Im Fernen Osten, wo wir uns die meiste Zeit aufhielten, glaubt man an die Wiedergeburt. Weil Mama und Papa sich so sehr geliebt haben, war er fest davon überzeugt, daß sie sich in einem anderen Leben wiedersehen würden. Er sagte, Liebe sei unsterblich und unzerstörbar."

Sie sagte das völlig natürlich und ohne sich zu zieren, wie andere Frauen es bei einer so intimen Aussage getan hätten.

„Nachdem Ihr Vater gestorben war, kehrten Sie also nach England zurück?"

„Ich wollte Onkel George nicht schreiben", sagte Forella. „Unser alter Diener hat es getan, weil er es für das einzig Richtige hielt."

„Womit er zweifellos recht hatte", stellte der Prinz fest.

„Ich wollte nicht ein solches Leben führen, über das Papa sich immer lustig gemacht hat. Die sogenannte feine Gesellschaft fand er lächerlich. Diese Leute hätten nichts anderes zu tun, als sich gegenseitig an Titeln und Reichtum überbieten zu wollen, und sie vergeudeten ihre Zeit mit Glücksspiel, Zänkereien und Klatsch."

Sie sagte das so drollig, daß der Prinz lachen mußte.

„Ihr Vater hatte sicher recht. Allerdings gibt es für eine junge Dame wie Sie wenig andere Möglichkeiten."

„Ich habe keine Lust, eine ‚junge Dame' zu werden", sagte Forella verdrossen. „Ich möchte so weiterleben wie mit meinem Papa, obwohl das ohne ihn schwierig sein dürfte."

„Wie gestaltete sich denn Ihr Leben zusammen mit Ihrem Vater?"

Sie lächelte nachsichtig, als werde er sich noch wundern, was sie ihm zu erzählen hatte.

„Ich bin in einem Beduinenzelt geboren", antwortete sie. „Ich habe versucht, die Quelle des Ganges zu finden und die mittleren Berge des Himalaya zu besteigen. Ich war mit den Kopfjägern in Sarawak zusammen und habe bei afrikanischen Stämmen als Gast geweilt, deren Lieblingsspeise ‚gesottene Christen' waren."

Ungläubig starrte der Prinz sie an, und sie lachte über seinen Gesichtsausdruck. Es klang so natürlich und frisch wie das spontane Gelächter eines Kindes.

„Sie haben mich danach gefragt“, betonte sie, bevor er sich äußern konnte, „niemand zwingt Sie, mir zu glauben.“

„Ich würde sicher erkennen, wenn Sie lügen“, erwiderte der Prinz.

„Was macht Sie so sicher?“

„Ich habe einen Instinkt dafür. So unglaublich das, was Sie erzählen, auch klingen mag, ich spüre, daß Sie die Wahrheit sagen.“

„Dann werden Sie sicher auch verstehen, daß ich mein Leben nicht mit Menschen verbringen möchte, die nur übel über Freunde reden, die nicht anwesend sind.“

Es zuckte verräterisch um die Mundwinkel des Prinzen. „Ein vernichtendes Urteil“, stellte er dann fest.

„Außerdem“, fuhr Forella ernst fort, „hasse ich es, den ganzen Tag über in überheizten, stickigen Räumen zu verbringen, Kleider anzuprobieren und regelmäßig Mahlzeiten einzunehmen.“ Sie schwieg einen Augenblick. „Haben Sie eine Ahnung“, fuhr sie dann fort, „wieviel Leute wie Onkel George und Tante Kathie tagsüber in sich hineinstopfen? Wenn man das alles in einen Eimer füllte, könnten in Indien Dutzende hungernder Kinder davon satt werden.“ In leidenschaftlichem Ton stieß sie ihre Anklage hervor.

„Ich kann verstehen“, sagte der Prinz begütigend, „daß Ihnen das alles einen ziemlichen Schock versetzt hat. Trotzdem ist nicht alles bei uns so verwerflich und schlecht, wie Sie es darstellen.“

Forella zuckte die Achseln, als sei ihr das ziemlich gleichgültig.

„Seit ich in England angekommen bin, hatte ich nur einen Gedanken: weg von hier“, gestand sie. „Jetzt muß ich weg. Das werden Sie doch verstehen!“

„Sie könnten sich nicht mit dem Gedanken vertraut machen, die Gattin des Grafen zu werden und damit eine angesehene Stellung in der Gesellschaft einzunehmen, um die jede andere junge Frau Sie beneiden würde?“

„Das hat Onkel George mich auch gefragt. Meine Antwort

lautet: nein! Wie könnte ich einen Mann heiraten, den ich nicht liebe und der zudem eine andere liebt?"

In diesem Punkt mochte der Prinz ihr nicht widersprechen.

„Der ganze Plan, mich zu verheiraten, nur damit Tante Kathie mich los wird, ist entwürdigend und schändlich", fuhr Forella erregt fort. „Auf keinen Fall möchte ich eine Stellung in der Gesellschaft haben oder mich wie eine Marionette bewegen, deren Fäden man zieht. Ich will frei sein und ich selbst bleiben."

„Sind Sie sicher, daß Ihnen das in der Umgebung, in der Ihr Onkel und Ihre Tante leben, unmöglich sein würde?"

Der Prinz fragte sie das in ernstem Ton. Statt aufzubrausen und ihn verächtlich anzufunkeln, überraschte Forella ihn mit gedankenvollem Nachdenken, bevor sie antwortete:

„Über diese Frage haben Papa und ich oft stundenlang diskutiert. Man kann sich überall in der Welt treu bleiben, meine ich, solange man nicht zu Dingen gezwungen wird, die man als falsch erkannt hat." Wieder schwieg sie nachdenklich.

„Papa sagte immer, der Sinn des Lebens bestünde darin, sich selbst weiterzuentwickeln", sagte sie dann. „Er und Mama waren so unbeschreiblich glücklich miteinander, daß sie über Unannehmlichkeiten, die sie zu erleiden hatten, zu lachen pflegten und jeden Tag etwas Neues für sich entdeckten."

„Worauf kam es ihnen vor allem an?" fragte der Prinz.

„Darauf, daß ihre Seele Nahrung hatte, glaube ich", gab sie in ihrer schlichten Art zurück, die frei war von irgendwelchem gezierten Gehabe.

Bevor er etwas erwidern konnte, ging die Tür auf, und Mrs. Hickson kam mit einem vollbeladenen Tablett herein.

„Papa hat mir immer vorgeschwärmt, wie köstlich frische englische Landeier und gebratener Speck zum Frühstück schmekken", erinnerte sich Forella, während sie kräftig zulangte. „Jetzt weiß ich, was er damit meinte." Sie bestrich sich ein weiteres Stück von dem ofenwarmen Landbrot mit goldgelber Butter und biß genüßlich hinein.

Er schenkte sich noch eine Tasse Tee ein, bevor er zur Sache kam.

„Wir sollten uns nun mit der wichtigen Frage befassen, Forella, was Sie zu tun gedenken."

„Sie haben mir bereits beigepflichtet, daß ich weg muß", sagte sie hastig.

„Ich sagte, ich verstehe Ihre Beweggründe."

„Und Sie werden mich nicht zurückhalten?"

„Eigentlich sollte ich das wohl tun."

Sie hörte sofort auf zu essen und sagte in enttäuschtem Ton: „Sie werden doch nicht das Vertrauen, das ich in Sie gesetzt habe, mißbrauchen?"

„Keineswegs", betonte er. „Trotzdem sollten Sie einsehen, daß Ihr Vorhaben unmöglich ist."

„Ich schaffe es schon irgendwie, und Sie haben kein Recht, mich daran zu hindern."

„Diese Absicht habe ich nicht. Dennoch kann ich die Schwierigkeiten, die auf Sie zukämen, besser abschätzen als Sie."

„Ich habe schon ganz andere Schwierigkeiten gemeistert."

„Aber nicht allein!"

Der Wahrheit dieser Bemerkung konnte sie sich nicht verschließen.

„Eine Frau, die allein durch die Gegend reist", fuhr er fort, „ist unzähligen Gefahren ausgesetzt. Es würde nicht lange dauern, und man würde Ihnen György stehlen. Sie würden ohne Geld dastehen und keine Bleibe haben."

„Warum sollte mir das passieren?" fragte Forella in feindseligem Ton.

„Weil die Verhältnisse in England so sind", gab der Prinz trokken zurück.

„Je eher ich dieses Land verlassen kann, desto besser", sagte Forella entschlossen. „Im Ausland könnte ich besser und unbehelligter leben als hier."

„Ich habe einen besseren Vorschlag. Die Verwandten Ihres

Vaters können Sie nicht um Hilfe bitten, das ist klar, aber sicher hat Ihre Mutter Angehörige, an die Sie sich wenden können."

„Meine Mutter war keine Engländerin", stieß Forella trotzig hervor.

Zu ihrer Überraschung schien der Prinz darüber hocherfreut zu sein.

„Ich hatte recht, als ich feststellte, daß etwas Besonderes an Ihnen ist", rief er lebhaft aus. „Wenn ich mich nicht völlig irre, dann war Ihre Mutter Ungarin, nicht wahr?"

„Wie kommen Sie darauf?"

„Weil niemand so verwegen reiten kann wie Sie, wenn er nicht ungarisches Blut in den Adern hat. Außerdem gab Ihr Gesicht mir einige Rätsel auf, die jetzt gelöst sind."

„Ja, Mama war Ungarin", gab Forella zu, „aber Tante Kathie hat mir eingeschärft, das niemandem zu sagen, weil sich sonst für mich kein Mann zum Heiraten fände."

Der Prinz warf den Kopf in den Nacken und lachte schallend. „So etwas Lächerliches habe ich noch nie gehört. Vermutlich wissen Sie, daß ich Ungar bin?"

„Ja, natürlich."

„Warum haben Sie mir dann nichts von Ihrer Mutter erzählt?"

„Ich konnte mir nicht vorstellen, daß es Sie interessierte."

„Und ob es mich interessiert! Wie war Ihr Mädchenname?"

„Rákózi. Vermutlich haben Sie noch nie von ihrer Familie gehört. Sie stammt aus Ostungarn."

„Natürlich kenne ich den Namen", erklärte der Prinz. „Er gehört einer berühmten ungarischen Familie, deren Besitz zufällig an meine Güter angrenzt."

„Mama ist mit Papa davongelaufen. Die Rákózis würden mich sicher nicht gerade mit offenen Armen aufnehmen."

„Das bezweifle ich", entgegnete der Prinz. „Trotzdem würde es zuviel Zeit in Anspruch nehmen, sie ausfindig zu machen und ihre Einstellung zu Ihnen in Erfahrung zu bringen. Deshalb habe ich einen völlig anderen Vorschlag."

„Wie lautet er?“ Forella warf ihm einen mißtrauischen Blick zu, als fürchte sie noch immer, er werde sie an der geplanten Flucht hindern.

Er vermochte ihre Gedanken zu lesen und wußte, daß sie die erstbeste Gelegenheit nutzen würde, um heimlich György aus dem Stall zu holen und sich davonzumachen. Ihre klaren, ausdrucksvollen Augen verrieten ihm, was sie bewegte.

„Wir haben beide ungarisches Blut in den Adern, Forella“, sagte er ruhig. „Das verpflichtet mich noch stärker als zuvor, Ihnen zu helfen. Schließlich bin ich Ihr Landsmann.“

„Sie . . . Sie wollen mir wirklich helfen?“ Sie war sich immer noch nicht sicher, ob sie ihm vertrauen konnte, aber in ihren Augen glomm ein Hoffnungsschimmer auf, der vorher nicht dagewesen war.

„Mir ist klargeworden“, sagte der Prinz langsam, „daß es Ihnen bei Ihrer Lebenseinstellung unmöglich ist, den Grafen Sherburn zu heiraten, auch wenn Ihnen das eine glänzende gesellschaftliche Stellung einbrächte.“

„Aber . . . er liebt doch Lady Esme“, wandte Forella ein.

Für das, was der Graf für Lady Meldrum empfand, gab es ein passenderes Wort, stellte der Prinz bei sich fest, aber Forella war trotz der weiten Reisen und vielfältigen Erlebnisse, die sie schon gehabt hatte, im Grunde ihres Herzens zu unschuldig, um das zu erkennen.

„Sie würden auf jeden Fall unglücklich werden, ließen Sie sich zu dieser Heirat zwingen“, sagte er, „und ich möchte verhindern, daß Ihre Gefühle verletzt werden. Deshalb schlage ich Ihnen einen Ausweg vor, der Sie einer Flucht ins Ausland enthebt.“

„Wenn Sie glauben, ich würde versuchen, Tante Kathie von ihrem Vorhaben abzubringen, so täuschen Sie sich“, warf Forella hastig ein. „Sie würde mir überhaupt nicht zuhören. Ihr Sinnen und Trachten ist nur darauf ausgerichtet, mich schnellstens loszuwerden. Außerdem habe ich irgendwie das Gefühl, daß sie sich für irgend etwas an dem Grafen rächen möchte.“

„Haben Sie das selbst erkannt oder hat Sie jemand darauf aufmerksam gemacht?“

„Ich schloß das aus der Art, wie sie vergangene Nacht redete und mich ansah“, erwiderte Forella. „Ich bin sicher, daß sie nicht nur wegen seines Eindringens in mein Schlafzimmer wütend auf ihn war.“

Da sie ungarischer Abstammung war wie er, wunderte es den Prinzen nicht mehr, daß ihr Instinkt ebenso stark ausgeprägt war wie seiner.

„Mein Vorschlag lautet, daß Sie in einem Haus Unterschlupf suchen, das etwa fünf Meilen von hier entfernt landeinwärts liegt und mir gehört.“

„Ein Haus?“ fragte Forella verwundert.

„Eine Verwandte von mir wohnt darin“, erklärte der Prinz. „Sie ist gehbehindert und lebt seit fünf Jahren dort, seit sie aus Ungarn nach England kam.“

„Sie ist Ungarin?“

„Sie ist eine Verwandte von mir.“

„Und ich könnte bei ihr wohnen?“

„Sie wäre bestimmt entzückt, wenn sie Gesellschaft bekäme. Ihr Englisch ist nicht sehr gut, und vom gesellschaftlichen Leben in diesem Lande, das Sie so abstoßend finden, weiß sie so gut wie nichts. Sie ist jedoch außerordentlich intelligent, und ich glaube, Sie beide würden prächtig zueinander passen.“

Forella starrte ihn ungläubig an.

„Sie bieten mir Unterschlupf in einem Ihrer Häuser an und werden Onkel George und Tante Kathie nichts verraten?“ fragte sie fassungslos.

„Ich gebe Ihnen mein Wort, daß niemand Ihr Versteck erfährt und ich unsere Begegnung heute morgen mit keinem Wort erwähne. Vielmehr werde ich höchst erstaunt sein, wenn ich von Ihrem Verschwinden erfahre.“

„Aber der Stallbursche! Er wird überall erzählen, daß ich mit György weggeritten bin!“

„Überlassen Sie das getrost mir", sagte der Prinz. „Ich werde mir eine plausible Erklärung einfallen lassen, etwa, daß György reiterlos umhergetrabt sei, und ich ihn einem Freund in Pflege gegeben hätte." Mit leisem Lächeln fügte er hinzu: „Sicher hätten Sie ihn in Ledbury Manor gern um sich, nicht wahr?"

„Ist das der Name des Landhauses, in dem ich wohnen werde?"

Der Prinz nickte.

Forella faltete die Hände. „Sie sind so freundlich und . . . so verständnisvoll", stammelte sie. „Ich weiß nicht, wie ich Ihnen danken soll."

„Wie ich bereits sagte", erwiderte der Prinz, „pflegen wir Ungarn uns stets gegenseitig zu helfen, wenn Not am Manne ist."

„Ich danke Ihnen von ganzem Herzen."

Der Prinz warf einen Blick auf seine Taschenuhr. „Da es einige Zeit dauern wird, bis wir Ledbury Manor erreichen", überlegte er, „sollten wir sofort aufbrechen. Ich möchte zum Frühstück auf dem Schloß sein, um mich an dem Tumult zu weiden, den Ihr Verschwinden auslösen wird."

„Eine Person wird darüber ganz sicher entzückt sein", sagte Forella spöttisch. „Graf Sherburn wird mir bestimmt keine Träne nachweinen."

Der Prinz pflichtete ihr lachend bei. „Osmond Sherburn hat immer wieder betont, daß er niemals heiraten werde."

„Er wird froh sein, und Tante Kathie wird sich vor Wut nicht fassen können."

„Jedenfalls wird meine Cousine gut auf Sie aufpassen", versprach der Prinz. „Ihr Name ist übrigens Prinzessin Maria Dábas."

Forella schenkte ihm ein reizendes Lächeln. „Fast kommt es mir wie Schicksal vor, daß Mama ihre Heimat einst verlassen hat, um Papa zu folgen, und ich jetzt von einem Ungarn davor bewahrt werde, die Hölle auf Erden zu erleben."

„Das Schicksal spielt in unserem Leben eine entscheidende Rolle, Forella“, sagte der Prinz überzeugt.

„Das ist wahr“, gab sie zurück, „und ich sollte an mein Karma glauben, statt mich zu fürchten, und mich schämen, daß ich so verzagt war.“

„Das ist doch verständlich“, erwiderte der Prinz. „Und jetzt dürfen Sie mir noch einmal zeigen, wie gut Sie mit György zurechtkommen.“

Er erhob sich und nahm sie bei der Hand wie ein kleines Kind, wobei er sich über sämtliche gesellschaftliche Konventionen hinwegsetzte.

Sein Instinkt und sein ungarisches Einfühlungsvermögen verrieten ihm jedoch, daß er richtig handelte und gar nicht anders konnte, als seiner Eingebung zu folgen.

4

Einige Zeit waren sie schweigend nebeneinanderher geritten, als der Prinz sich vernehmen ließ: „Ich habe darüber nachgedacht, daß wir Ihnen einen neuen Namen geben müssen."

„Natürlich, das ist wichtig", pflichtete Forella ihm bei.

„Am einleuchtendsten wäre wohl, wenn ich Sie als die Tochter eines ungarischen Freundes ausgebe", überlegte er. „Deshalb könnten Sie den Namen Ihrer Mutter annehmen und auch ihren Adelstitel."

„Sie war eine Gräfin", bestätigte Forella, „bediente sich aber nie ihres Titels."

„Jetzt kann er uns nützlich sein", entschied der Prinz. „Ich werde Sie als Gräfin Forella Rákózi vorstellen."

Forella lachte. „Aber ich möchte der Gesellschaft und ihrem ganzen Flitterkram doch gerade entfliehen!"

Der Prinz lächelte belustigt. „In diesem Falle müssen Sie sich solcher Nichtigkeiten bedienen. Vermutlich sprechen Sie so gut ungarisch, daß niemand Ihre wirkliche Nationalität anzweifeln kann."

„Wollen Sie mich beleidigen?" fragte Forella zurück. „Wenn ich mit meiner Mutter allein war, sprachen wir immer ungarisch, damit ich nicht aus der Übung kam. Papa sprach es genausogut wie viele andere Sprachen, und Mama sagte immer, man könnte ihn glatt für einen echten Madjaren halten!"

Das klang ein wenig aggressiv, als wollte sie seinen Widerspruch herausfordern, aber er sagte nur: „Ich bitte um Vergebung."

„Sie werden es vielleicht komisch finden", sagte Forella, „aber ich besitze so wenig materielle Güter, daß meine Intelligenz mein einziges Kapital ist."

Das klang so originell, daß der Prinz lachen mußte. Seine Cousine würde in Forella eine amüsante Gesprächspartnerin haben, stellte er bei sich fest, die Abwechslung in ihr einförmiges Dasein brachte.

„Wir sollten uns eine glaubwürdige Geschichte zurechtzimmern“, sagte er nach einer Weile, „die wir uns sorgfältig einprägen müssen, damit sich keine Widersprüche ergeben.“

Aufmerksam hörte sie ihm zu, als er fortfuhr: „Sie sind vor einem Monat aus Ungarn in England angekommen, um bei mir zu wohnen. Leider starb Ihr Vater unterwegs und wurde in Triest begraben.“

Sie bemerkte, daß er sich so nahe wie möglich an die wahren Begebenheiten hielt.

„So waren Sie gezwungen, allein nach England weiterzureisen“, spann der Prinz den Faden weiter. „Da Sie in Trauer sind, wollten Sie nicht in London bleiben, sondern zurückgezogen irgendwo auf dem Lande leben. Und dahin bringe ich Sie jetzt.“

„Eine glaubwürdige Geschichte“, sagte Forella anerkennend. „Ich werde mir Mühe geben, mich an meinen neuen Namen zu gewöhnen.“

„Das wird Ihnen keine Schwierigkeiten bereiten“, sagte der Prinz überzeugt. „Übrigens sollten Sie, sobald wir im Landhaus angekommen sind, Ihrem Onkel eine Nachricht zukommen lassen.“

„Eine Nachricht?“ Ängstlich sah sie ihn an.

„Sie sollen ihm nur mitteilen, daß Sie bei Freunden wohnen werden“, erklärte der Prinz, „daß Sie in Sicherheit sind und er sich um Sie keine Sorgen machen soll.“

Da der Gedanke ihr offensichtlich Unbehagen bereitete, fügte er erklärend hinzu: „Wenn Sie einfach verschwinden, besteht die Wahrscheinlichkeit, daß Ihr Onkel die Polizei oder irgendwelche Detektive beauftragt, Sie zu finden.“

Forella sah ihn entsetzt an. „Das darf nicht geschehen.“

„Natürlich nicht“, pflichtete er ihr bei. „Deshalb ist es ja so wichtig, daß Ihr Onkel eine Nachricht von Ihnen erhält, ohne Absender, versteht sich."

„Sie denken einfach an alles", sagte Forella nach einigem Nachdenken bewundernd. „Ich bin Ihnen von ganzem Herzen dankbar."

Dabei überlegte sie, daß nur ein Ungar imstande war, sich derart in die Lage eines anderen zu versetzen und einen so perfekten Komplott zu schmieden, wobei er auch zu verstehen schien, daß sie nicht zurückkehren und den Grafen Sherburn heiraten konnte.

Da dem Prinzen wenig Zeit blieb, um rechtzeitig wieder im Schloß zu sein, galoppierten sie Seite an Seite durch das Gelände und hielten sich nicht mehr mit Gesprächen auf.

Vereinzelte Bauernhäuser tauchten in der Ferne auf, ansonsten ritten sie durch eine menschenleere Gegend.

„Da vorn ist Little Ledbury", sagte der Prinz schließlich.

Zunächst konnte Forella nur Bäume sehen, dann entdeckte sie Strohdächer dazwischen.

Als sie näher kamen, erblickte sie ein kleines Dorf, das mit seinen schwarz-weißen Häusern aussah wie aus der Spielzeugkiste.

Jedes Häuschen hatte einen Vorgarten mit einer Fülle von Blumen. Außer einem Krämerladen gab es sonst nur noch eine kleine Kirche aus grauem Sandstein.

Der Prinz beantwortete ihre unausgesprochene Frage, während sie daran vorüberritten: „Sie stammt aus dem 17. Jahrhundert und gilt als eine der typischsten Bauten aus dieser Epoche."

Fünfzig Meter hinter der Kirche passierten sie ein Tor mit Löwenwappen an beiden Pfosten. Ledbury Manor stammte Forellas Schätzung nach aus der gleichen Zeit wie die Dorfkirche.

Die Giebel und Türmchen aus grauem Sandstein boten einen bezaubernden Anblick. Über dem Eingang verkündete eine Tafel, daß der erste Eigentümer des Herrenhauses 1623 eingezogen war.

Es bestand nur aus drei Etagen, hatte hübsche rautenförmige

Fenster und war an einer Seite von einer hohen Mauer begrenzt. Wie ein verwunschenes Märchenschloß wirkte es vor allem deshalb, weil auf dem Dach, den Fenstersimsen und Mauervorsprüngen überall weiße Tauben umherflatterten.

Das sah so hübsch aus, daß Forella entzückt ausrief: „Tauben! Die Gefährten der Aphrodite!“

Ohne darauf einzugehen, ritt der Prinz weiter. Sein Gesicht hatte einen eigenartig verschlossenen Ausdruck, den sie sich nicht erklären konnte. Bevor sie ihn nach dem Grund fragen konnte, hatten sie bereits den Eingang ereicht. Zwei Stallburschen, die den Prinzen respektvoll grüßten, nahmen die Pferde in Empfang und führten sie in den Stall.

György versuchte wieder zu bocken, aber er war offensichtlich erschöpft von dem langen Ritt und dem scharfen Tempo, das Jóska vorgelegt hatte, daß es dem Stallburschen mühelos gelang, ihn zu beruhigen.

Forella, die besorgt zugeschaut hatte, atmete erleichtert auf.

„Keine Sorge“, beruhigte sie der Prinz. „Thomas ist ein sehr erfahrener Mann, sonst hätte ich ihm nicht die Aufsicht über meinen Stall anvertraut.“

Das klang so, als gäbe es im Manor eine stattliche Anzahl Pferde. Auf dem Weg zum Haus überlegte sich Forella, wozu er sie wohl auf diesem Landsitz hielt, da seine Cousine doch seiner Aussage nach gehbehindert war und nicht mehr reiten konnte.

Doch dann konzentrierte sie sich auf die Begegnung mit der Bewohnerin des Hauses und darauf, ihre Rolle gut zu spielen. Nachdem der Prinz den Butler begrüßt hatte, wandte er sich an seine Begleiterin.

„Sicher möchten Sie sich etwas frisch machen. Inzwischen werde ich meine Cousine aufsuchen und sie in alles einweihen.“

Er wandte sich an den Butler. „Sorgen Sie bitte dafür, daß Ihre Frau sich meines Gastes annimmt, Newman, und geleiten Sie sie dann ins Wohnzimmer, wo sich die Prinzessin zweifellos aufhalten wird.“

„Sehr wohl, Euer Hoheit", erwiderte Newman.

Er führte Forella nach oben, wo sie von einer älteren Frau begrüßt wurde.

„Willkommen, Madam. Es ist eine große Freude für uns alle, Seine Hoheit wiederzusehen."

Ohne Forellas Antwort abzuwarten, führte sie das Mädchen in ein hübsches Schlafzimmer mit geschmackvollen buntgemusterten Chintzvorhängen. Das Fenster gab den Blick auf einen gepflegten Garten frei, der bis zu einem schmalen Bach reichte.

Mrs. Newman redete unentwegt, während sie Forella beim Ablegen des Reithutes und des Jacketts behilflich war.

„Es ist sehr heiß, Madam", sagte sie. „Ihre Hoheit hat sicher nichts dagegen, wenn Sie in Rock und Bluse erscheinen."

Die Bluse, die sie gewählt hatte, war besonders hübsch. Die Marquise hatte sie für sie ausgesucht, obwohl Forella sie viel zu teuer fand.

Sie war aus echter Spitze und, wie die Verkäuferin versichert hatte, das neueste Modell aus Paris, ebenso das Reitkostüm aus grünem Pikee mit weißem Besatz.

„Darin kannst du sicher nicht an einer Hetzjagd teilnehmen", hatte die Marquise festgestellt, „doch die Mode gestattet es, daß Reiterinnen sich im Sommer wie Fasane schmücken. Auf jeden Fall wirst du darin Aufsehen erregen."

Bei der Vorbereitung der Flucht hatte sie keinen Gedanken an ihre Garderobe verschwendet. Jetzt erst fiel Forella ein, daß in dem Bündel, das sie an Györgys Sattel befestigt hatte, nur ein einziges Kleid war.

Vorläufig machte sie sich darüber keine Gedanken. Erst wollte sie abwarten, ob die Prinzessin überhaupt mit ihrem Einzug einverstanden wär.

Sie wusch sich Gesicht und Hände und ließ sich von Mrs. Newman das Haar ordnen. Befangen begab sie sich dann zur Treppe und ging nach unten, wo Newman sie bereits erwartete.

Insgeheim betete sie darum, daß sich in den Plänen des Prinzen keine Änderung ergeben hatte und sie hier Unterschlupf finden würde.

Ihr wurde erst jetzt richtig bewußt, wie schwer es gewesen wäre, sich allein durchzuschlagen. Als sie in panischer Angst aus dem Schloß geflohen war, hatte sie sich über die Zukunft keine Gedanken gemacht und nicht überlegt, wie sie mit György und dem wenigen Geld, das sie besaß, durchkommen sollte.

Der Prinz hat recht. Er ist sehr . . . sehr gütig, dachte sie, als sie Newman durch die Halle folgte.

Plötzlich hatte sie Angst, er könnte seine Meinung geändert haben und sie doch noch fortschicken. Als sie jedoch den bezaubernden, sonnenüberfluteten Wohnraum betrat und er sich bei ihrem Anblick erhob, wußte sie, daß alles gut war.

Es war, als spürte er ihre geheimen Ängste, denn er kam ihr entgegen und faßte nach ihrer Hand.

„Darf ich dir Forella Rákózi vorstellen, Cousine Maria?" sagte er. „Das ist die junge Dame, von der ich dir erzählt habe."

Er sprach ungarisch, und die Prinzessin streckte Forella die Hand hin und sagte ebenfalls in ihrer Landessprache: „Sie Ärmste, es tut mir so leid für Sie. Natürlich können Sie hier wohnen, solange Sie möchten. Es wird mir ein Vergnügen sein, mich in meiner Muttersprache unterhalten zu können."

Forella machte einen Knicks: „Das ist sehr gütig."

Sie stellte fest, daß die Prinzessin in ihrer Jugend eine Schönheit gewesen sein mußte und auch im hohen Alter noch über eine Ausstrahlung verfügte, die Persönlichkeit und Charakterstärke verriet.

Forella fühlte sich vom ersten Augenblick an zu ihr hingezogen und spürte, daß es der Prinzessin ebenso erging.

Als sie Platz genommen hatten, stellte die Prinzessin fest: „Sie sind sehr hübsch, aber das ist nicht verwunderlich, denn die Rákózis sind für ihre schönen Frauen berühmt, nicht wahr, János?"

„Das ist mir auch schon zu Ohren gekommen", erwiderte der Prinz. „Jedenfalls bin ich ganz deiner Meinung."

„Sie schmeicheln mir“, sagte Forella und blinzelte den Prinzen verstohlen an, um ihm zu zeigen, wie sehr sie sich über seine Schauspielerei amüsierte.

„Ich fürchte, hier wird es sehr langweilig für Sie sein“, wandte sich die Prinzessin an sie. „János teilte mir aber mit, daß Sie in Trauer sind und Ruhe suchen.“

„Die hoffe ich hier zu finden“, erwiderte Forella, „und ich möchte Ihnen danken, daß Sie mich als Gast bei sich aufnehmen wollen.“

„Ich habe Ihnen zu danken“, entgegnete die Prinzessin, „denn dieser Ort ist nicht gerade ein Born der Freude und Heiterkeit.“

Ein vorwurfsvoller Blick traf den Prinzen, doch er lachte nur.

„Du willst mein Mitleid erregen, Maria, wie?“ stellte er fest. „Dabei weißt du genausogut wie ich, daß die Ärzte dir Ruhe verordnet haben und dieser Ort zumindest im Augenblick genau das richtige für dich ist.“

Begütigend legte die Prinzessin die Hand auf seinen Arm. „Ich beklage mich ja gar nicht, János“, lenkte sie ein. „Du hast so viel für mich getan, daß ich dir gar nicht genug danken kann.“

„Jetzt machst du mich aber sehr verlegen“, wehrte der Prinz ab. „Deshalb werde ich euch jetzt verlassen, um mich um meine Gäste zu kümmern. Bei dir weiß ich Forella in bester Obhut.“

„Hast du die übliche Kollektion vergnügungssüchtiger schöner Frauen und gutaussehender Schürzenjäger um dich versammelt?“ wollte die Prinzessin wissen.

„Du triffst den Nagel auf den Kopf“, bestätigte der Prinz lachend und küßte ihre Hand. „Verzeih, wenn ich Forella einen Moment ins Frühstückszimmer entführe. Sie muß mir noch die Adressen einiger Leute geben, die ich für sie anschreiben soll.“

Forella erhob sich gehorsam, und die Prinzessin fragte ihren Vetter: „Wann sehen wir dich wieder?“

„Sehr bald“, erwiderte der Prinz. „Vermutlich bevor ich nach London zurückkehre, sobald meine Gäste abgereist sind.“

„Das wäre reizend“, sagte die Prinzessin erfreut. Sie ließ sich wieder in ihren Sessel sinken und sah Forella und dem Prinzen nach, als sie das Zimmer verließen.

Dann nahm sie die Zeitung wieder auf, bei deren Lektüre sie durch ihre Gäste unterbrochen worden war, und suchte in der Gesellschaftskolumne nach dem Namen ihres Vetters.

Im Frühstückszimmer schloß der Prinz sorgfältig die Tür hinter sich.

„Schreiben Sie jetzt den Brief an Ihren Onkel", forderte er Forella auf. „Außerdem möchte ich Sie um Ihre Maße bitten."

„Meine Maße?" rief Forella verdutzt aus.

„Sicher wollen Sie nicht tagaus tagein dasselbe tragen, oder?" erwiderte er. „Bei Ihnen bewahrheitet sich der berühmte Ausspruch aller Frauen: ‚Ich habe nichts anzuziehen!'"

„Ich habe es wirklich vergessen", gab Forella zu. „Vermutlich wird die Prinzessin befremdet sein, wenn sie es merkt."

„Sehr befremdet", bestätigte der Prinz. „Deshalb werde ich einige Sachen für Sie aus London kommen lassen."

Leichte Röte stieg Forella in die Wangen, als sie verlegen sagte: „Ich . . . ich fühle mich sehr in Ihrer Schuld."

„Was Sie wirklich damit sagen wollen", erklärte der Prinz, „ist wohl, daß so etwas nicht den Konventionen entspricht. Aber eigentlich ist alles, was Sie bisher getan haben, sehr unkonventionell, Forella. Im übrigen stehen Sie überhaupt nicht in meiner Schuld. Es ist eher umgekehrt. Schließlich ist Ihnen unter meinem Dach übel mitgespielt worden, und dafür fühle ich mich mitverantwortlich."

„Derjenige, der mich derart kompromittiert hat, ist Graf Sherburn", erklärte Forella aufbrausend. „Er ist für mein Mißgeschick verantwortlich, nicht Sie!"

„Worauf Sie ihn vermutlich niemals hinweisen werden oder wollen, stimmt's?" fragte der Prinz lächelnd.

Forella wehrte in gespieltem Entsetzen ab. „Das fehlte mir noch!"

Sie nahm am Schreibpult vor dem Fenster Platz, legte sich einen Briefbogen zurecht und schnitt sorgfältig die Insignien des Prinzen, die oben aufgedruckt waren, ab.

Sorgfältig überlegte sie jedes Wort, bevor sie es niederschrieb.

„Lieber Onkel George,

ich habe euch verlassen, weil es mir unmöglich ist, den Grafen Sherburn zu heiraten, der selbst keinerlei Neigung zu einer solchen Verbindung zeigte.

Mir blieb daher nichts anderes übrig, als zu verschwinden, damit niemand erfährt, was geschehen ist, und man mich gewiß bald vergessen hat. Ich werde bei Freunden wohnen und bin in Sicherheit. Mach Dir also um mich keine Sorgen und versuche nicht, mich zu finden.

Vielen Dank für Deine Güte und Dein Verständnis.

Deine dich liebende Nichte Forella“

Nachdem sie ihre Zeilen noch einmal durchgelesen hatte, reichte sie den Bogen dem Prinzen, der am Kamin stand und seinen Gedanken nachzuhängen schien.

„Sehr gut!“ lobte er, nachdem er den Brief gelesen hatte. „Achten Sie darauf, daß Sie einen neutralen Umschlag benutzen.“

Forella fand einen in der Schreibmappe, steckte den Bogen hinein und versiegelte das Kuvert. Auf einem Zettel notierte sie dann noch ihre Maße, die sie nach den vielen Anproben in London mit ihrer Tante auswendig kannte.

Dann händigte sie beides dem Prinzen aus. „Ich fürchte, ich habe nur ein Kleid und ein Nachthemd bei mir“, sagte sie dann, „möchte Sie aber trotzdem bitten, nicht zuviel Geld für mich auszugeben, weil ich dann eine Ewigkeit brauchen würde, um es Ihnen zurückzuzahlen.“

„Ich dachte, ich hätte mich klar genug ausgedrückt“, erwiderte der Prinz. „Es ist eine Art Wiedergutmachung für erlittene Unbill. Sie sollten mir nur sagen, ob Sie lieber als englische Debütantin oder als Ungarin auftreten möchten.“

„Das ist mir völlig gleichgültig“, erwiderte Forella lächelnd. „Am glücklichsten war ich in der Kleidung, die ich tragen durfte, wenn ich mit Papa auf Reisen war, aber Tante Kathie meinte, diese sei reif für den Müll, wo sie auch zum großen Teil gelandet ist.“

„Ich verstehe durchaus, was Sie mir damit sagen wollen“, entgegnete der Prinz. „Jedoch war ich stets der Meinung, daß ein schönes Bild auch eines würdigen Rahmens bedarf.“

„Jetzt reden Sie wie ein Schauspieler auf der Bühne“, stellte Forella belustigt fest. „Mir kam das ganze Gehabe gestern abend im Schloß auch vor wie ein Theaterstück, so unwirklich und gekünstelt.“ Als sie seinen verwunderten Blick bemerkte, fügte sie erklärend hinzu: „Das Publikum amüsierte sich, glaubte aber keinen Augenblick daran, daß die Darstellerinnen und Darsteller echt waren oder das wahre Leben widerspiegelten.“

Zu seiner Verblüffung stellte der Prinz fest, daß sie sich über ihn und seine Gäste lustig machte, und seine Erwiderung fiel ungewollt scharf aus.

„Was berechtigt Sie eigentlich dazu, so harte Kritik zu üben, Forella?“ fragte er sie. „Wie können Sie über Menschen richten und rechten wollen, deren Lebensstil Ihnen völlig unbekannt ist?“

Einen Augenblick herrschte lähmendes Schweigen. Völlig eingeschüchtert sagte sie dann: „Sie . . . Sie haben ganz recht. Es war . . . ungehörig von mir, so etwas zu sagen. Verzeihen Sie bitte. Ich hatte ganz vergessen, daß ich nicht mit Papa spreche. Wir liebten solche Wortgefechte, in denen wir uns gegenseitig mit Argumenten zu übertrumpfen suchten.“

Dabei errötete sie so heftig, daß der Prinz seine Härte bereits bereute, die bei diesem unerfahrenen, empfindsamen jungen Wesen völlig fehl am Platz war.

„Auch mir bereiten Wortduelle großes Vergnügen“, beeilte er sich zu versichern, „und es ist eine ganz neue Erfahrung für mich, sie mit einer jungen Dame auszutragen.“

Sie schwieg weiter bedrückt, und er fügte hinzu: „Seien Sie weiter ehrlich zu mir und äußern Sie offen Ihre Meinung. Nur möchte ich Ihnen sagen, daß die Gesellschaft nicht ganz so widerwärtig ist, wie Sie glauben."

Ihr Schweigen schmerzte ihn. Er hatte ihr die Unbefangenheit genommen und das Lächeln von ihren Lippen gewischt. Wie ungeschickt von ihm, derart scharf auf ihren harmlosen Spott zu reagieren!

Als er sich von ihr verabschiedete, bedankte sie sich noch einmal für seine Hilfsbereitschaft, und er spürte, daß sie es ernst meinte.

Von der Haustür aus sah sie zu, wie er Jóska bestieg und zum Tor traben ließ. Er warf noch einen Blick zurück, bevor er in die Dorfstraße einbog. Sie wirkte so jung und verloren, wie sie da vor dem Haus stand und ihm nachschaute.

Auf dem Heimritt überlegte er, ob er richtig gehandelt hatte, als er ihrem Wunsch, unterzutauchen, entsprochen hatte. Ihm wurde bewußt, welche Verantwortung er übernommen hatte, nachdem er eine so ungewöhnliche Entscheidung getroffen hatte.

In seinen Kreisen hätte kein junges Mädchen den Antrag eines Grafen Sherburn abgelehnt, auch wenn dieser auf ungewöhnliche Weise zustande gekommen war.

Nicht nur in England, sondern auch in anderen europäischen Ländern hatten die Töchter von Aristokraten bei der Wahl ihres Gatten kein Mitspracherecht. Vielmehr war eine Eheschließung nichts anderes als ein Handel, wie es schon zur Zeit der alten Römer der Fall gewesen war, wobei Geld oder Besitz die tragende Rolle spielte.

Genauso wie Personen königlicher Herkunft nur ihresgleichen zu heiraten hatten, erwartete man das auch von Adligen und Blaublütigen.

Trotz der Tatsache, daß Kathie einen hinterhältigen Trick angewandt hatte, um Osmond Sherburn zu einer Heirat mit ihrer

Nichte zu zwingen, betrachtete der Marquis eine solche Verbindung zweifellos als vorteilhaft für Forella.

Wenn ich wie ein Engländer gehandelt hätte, überlegte sich der Prinz, dann hätte ich Forella gezwungen, mit mir aufs Schloß zurückzukehren, oder gemeinen Verrat an ihr geübt, indem ich Claydon ihren Aufenthaltsort genannt hätte.

Er war aber kein Engländer, sondern Ungar, und er hatte Forella sein Wort gegeben, das er niemals brechen würde.

Außerdem, versuchte er sein Gewissen zu beruhigen, unterscheidet sie sich grundlegend von anderen englischen Debütantinnen, was mit dem ungarischen Blut zu erklären ist, das durch ihre Adern fließt.

Er kehrte noch vor neun Uhr ins Schloß zurück, gerade rechtzeitig, bevor die ersten Gäste schlaftrunken nach unten kommen und ihr Frühstück einnehmen würden.

Es bereitete ihm keine Mühe, den Brief Forellas an ihren Onkel unbemerkt auf einem Tisch vor ihrem Zimmer abzulegen. Seiner Schätzung nach würde es eine Weile dauern, bis eines der Mädchen ihn fand und beim Marquis ablieferte. Dem Prinzen blieb also genügend Zeit, Barton mitzuteilen, er habe weder von György noch von seiner Reiterin eine Spur finden können und sei in der Hoffnung, daß beide inzwischen wieder eingetroffen waren, zum Schloß zurückgekehrt.

Nachdem das erledigt war, schrieb er einige Zeilen an einen Schneider in der Bond Street, bei dem er schon umfangreiche Käufe getätigt hatte. Dann begab er sich in die Bibliothek, wo mittlerweile die meisten männlichen Gäste versammelt waren, um die Morgenzeitung zu lesen. Auch der Marquis war darunter und wünschte ihm einen guten Morgen, als wäre nichts gewesen. Offensichtlich hatten er und seine Frau sich geeinigt, die Bombe erst später platzen zu lassen.

Der Graf ließ sich nicht blicken, und erst eine Stunde später erfuhr der Prinz, daß er mit Lady Esme ausgeritten war.

Die Feste beim Prinzen waren vor allem deshalb so beliebt,

weil jeder Gast tun und lassen konnte, was er wollte, und ihm alles zur Verfügung stand, was Haus und Hof zu bieten hatten.

Wie das Gespräch des Grafen mit Lady Esme bei ihrem Ausritt ausfallen würde, konnte der Prinz sich lebhaft ausmalen, auch daß den Grafen nach seiner Rückkehr eine angenehme Überraschung erwartete.

Sie ritten langsam durch den Wald. Die Reitwege, die sich zwischen den Bäumen hindurchschlängelten, boten gerade Platz genug für zwei Pferde nebeneinander.

„Was soll ich nur tun, Esme?“ klagte der Graf. „Was, zur Hölle, soll ich dagegen unternehmen?“

„Ich finde es schändlich von Kathie, dich auf eine so hinterhältige Weise hereinzulegen!“ rief Lady Esme empört aus. „Kein Wort werde ich mehr mit ihr reden!“

Sie sah hinreißend schön aus, war allerdings ein wenig blaß, weil sie die halbe Nacht wach gelegen und vergebens auf den Grafen gewartet hatte.

Als sie kurz nach dem Aufstehen seine Nachricht erhalten hatte, wußte sie sofort, daß etwas schiefgelaufen war.

„Ich muß Dich sofort sprechen und schlage einen Ausritt vor. Ich erwarte Dich in einer halben Stunde im Stallgebäude.“

Mit Hilfe ihrer Zofe gelang es Esme, sich rasch anzukleiden. Als sie wenig später dem Grafen gegenüberstand und ihn vorwurfsvoll ansah, erschrak sie vor seinem Gesichtsausdruck. Er schien in der kurzen Zeit, seit sie ihn das letzte Mal gesehen hatte, gealtert, kniff die Lippen zusammen und hatte einen düsteren Blick, auf den sie sich keinen Reim machen konnte.

Erst als er ihr geschildert hatte, was geschehen war, stieß sie einen so verzweifelten Schrei aus, daß er sie am liebsten in die Arme genommen und getröstet hätte.

„Das ist teuflisch, absolut teuflisch! Nur eine rachsüchtige Hexe wie Kathie ist imstande, sich etwas so Grausames und Gemeines auszudenken!“

„Es ist meine Schuld“, sagte der Graf düster. „Wir hätten uns nicht des Erkennungszeichens des Kronprinzen bedienen sollen, worüber man sich längst in jedem Club und gewiß auch in jedem Boudoir lustig macht.“

„In meinem Zimmer waren keine Rosen“, erklärte Esme, „deshalb habe ich eine Lilie vor die Tür gelegt.“

Wenn Kathie das gesehen hätte, überlegte der Graf, dann wäre sie wohl noch wütender geworden und noch zynischer.

Doch im Gegensatz zu ihr, die schon eine stattliche Anzahl Liebhaber gehabt hatte, wäre es für Esme das erste Mal gewesen, daß sie ihren Mann betrogen hätte. Daher hatte die Lilie vor ihrer Tür durchaus ihre Berechtigung gehabt.

„Hätte ich doch zu dir kommen können, Geliebte“, klagte er, „statt allein in meinem Zimmer mit meinem Schicksal zu hadern, das mir diese Falle gestellt hat.“

„Genau das war es: eine Falle!“ rief Esme entrüstet aus. „Kathie hat sie dir gestellt. Ich hasse sie, Osmond! Oh, wie sehr ich sie hasse!“

„Mich bewegen ähnliche Gefühle“, erwiderte der Graf. „Die Frage ist nur, wie kann ich verhindern, vor den Altar gezerrt zu werden und ihre Nichte zu heiraten, statt ledig und frei zu bleiben.“ Er stellte fest, daß das ihr gegenüber ein wenig taktlos klang und fügte deshalb hastig hinzu: „Und mit dir zusammensein zu können, meine schöne Geliebte!“

„Das wünsche ich mir auch“, sagte Esme leise. „Aber schließlich, mein Liebster, braucht sich daran doch nichts zu ändern. Ich bin verheiratet, und du bist es dann auch. Was macht uns das schon aus?“

Erst kurz vor dem Lunch hatte die Marquise ihre Toilette beendet und war mit ihrem Aussehen zufrieden.

„Holen Sie sofort Miß Forella zu mir“, trug sie dann ihrer Zofe auf. „Sollte sie bereits nach unten gegangen sein, dann soll einer der Diener ihr Bescheid sagen.“

„Sehr wohl, Mylady“, sagte die Zofe. „Vermutlich schläft sie noch, denn ich habe noch kein Geräusch aus ihrem Zimmer vernommen.“

„Dann wecken Sie sie auf!“ befahl die Marquise in scharfem Ton, um gleich darauf ihr Spiegelbild selbstgefällig anzulächeln. Sie hatte dem Grafen sein schändliches Benehmen heimgezahlt, und sie hatte heute morgen dafür gesorgt, daß der Marquis keinen Rückzieher machte.

„Es war verdammt ungehörig von Sherburn, in ein fremdes Zimmer einzudringen“, hatte der Marquis gesagt. „Aber schließlich geht es in diesem Bau zu wie in einem Taubenschlag.“

„Jedenfalls darf die arme Forella auf keinen Fall darunter leiden“, betonte die Marquise und warf ihrem Mann einen lauernden Blick zu. „Wenn auch nur darüber getuschelt wird, daß er nachts in ihrem Zimmer war, wird sie in kein vornehmes Haus mehr eingeladen werden.“ Sie machte eine gewichtige Pause und fuhr dann in dramatischem Tonfall fort: „Wir würden niemals einen standesgemäßen Gatten für sie finden, der einen solchen Skandal in Kauf nehmen würde!“

„Schon gut, Kathie, ich weiß, was du damit sagen willst“, gab der Marquis gereizt zurück. „Andererseits mag ich Osmond und komme mir ziemlich mies vor, ihn so zu überrumpeln.“

„Vergiß deine Skrupel, George“, riet ihm die Marquise. „Denk lieber daran, daß Osmonds Vermögen dich der Pflicht entheben wird, Forella eine Mitgift zu zahlen. Er kann allein für seine Frau sorgen.“

„Mir geht es nicht ums Geld“, entgegnete der Marquis unwillig. „Ich denke darüber nach, daß Forella einem Mann wie Sherburn überhaupt nicht gewachsen ist und von ihm sicher nicht gut behandelt werden wird.“

Ohne die Erwiderung seiner Frau abzuwarten, war er aus dem Zimmer gestürmt und hatte die Tür laut hinter sich zugeschlagen.

Die Marquise störte das nicht. Sie kicherte nur leise vor sich hin und dachte daran, daß der Graf jetzt bereuen würde, sie jemals sitzengelassen zu haben.

Die Zofe kam unverrichteter Dinge zurück. Sie hatte von einem der Diener erfahren, daß die junge Dame in aller Herrgottsfrühe ausgeritten sei. Das meldete sie ihrer Herrin.

Die Marquise warf einen Blick auf die Uhr. „Sie wird sich zum Lunch verspäten“, sagte sie unwillig. „Nichts als Scherereien hat man mit diesen jungen Mädchen! Der Prinz wird sicher ungehalten sein, wenn ein Platz an der Tafel leer bleibt.“

„Sie wird schon rechtzeitig zurück sein“, versuchte die Zofe sie zu beruhigen.

Sie und ihre Herrin konnten nicht ahnen, daß eines der Hausmädchen mittlerweile beim Staubwischen den Brief auf dem Tischchen entdeckt und dem Butler übergeben hatte, der ihn gemächlich auf einem Silbertablett in die Bibliothek trug, wo sich der Marquis um diese Zeit aufzuhalten pflegte.

Inzwischen hatten sich die meisten Gäste zum Lunch eingefunden, und kurz bevor der Butler mit dem Brief auf dem Silbertablett eintraf, gesellten sich auch Graf Sherburn und ein wenig später Esme Meldrum zu ihnen.

„Du bist ja mächtig unternehmungslustig, Sherburn“, bemerkte einer der Herren. „Eigentlich hatte ich auch vor, auszureiten, aber nachdem wir alle so spät ins Bett gekommen waren und dem ausgezeichneten Wein unseres verehrten Gastgebers so reichlich zugesprochen hatten, konnte ich mich einfach nicht dazu aufraffen.“

Der Graf murmelte etwas Unverständliches und vergrub sich dann hinter einem Exemplar der *Times*. Da er keine Anstalten machte, sich an den Gesprächen zu beteiligen, ließ man ihn in Ruhe.

Kaum war Esme Meldrum aufgetaucht, da näherte sich die Marquise ihrer Erzrivalin mit katzenfreundlichem Lächeln.

„Wie frisch du aussiehst, meine Liebe! Ja, ein morgendlicher Ausritt tut manchmal Wunder!“

„Es war in der Tat angenehm kühl draußen“, gab Esme Meldrum zurück und bemühte sich, sich ihren Haß nicht anmerken zu lassen. Sie wandte der Marquise den Rücken zu und begab sich zu einigen Damen, die ebenfalls eben erst aus den Federn gekommen waren.

Mit einer Verbeugung trat in diesem Augenblick der Butler neben den Marquis und übergab ihm den Brief. Verwundert drehte der ihn um. Er hatte nicht erwartet, hier Post zu erhalten. Seine Dienerschaft hatte Anweisung erhalten, ihm nichts nachzuschicken.

Stirnrunzelnd entfaltete er das Schreiben, las die wenigen Zeilen und traute seinen Augen nicht. „Gütiger Himmel!“ murmelte er vor sich hin, nachdem er es ein zweites Mal gelesen hatte.

Entschlossen ging er zu seiner Frau hinüber, die sich gerade angeregt mit dem Prinzen unterhielt. Er faßte nach ihrem Arm und zog sie beiseite.

„Was gibt's denn, George?“ fragte sie, unwillig über die Störung.

„Ich muß dir etwas zeigen“, sagte er in gedämpftem Ton und zog sie mit sich in eine Zimmerecke, wo sie ungestört waren.

Um kein Aufsehen zu erregen, folgte sie ihm, wenn auch widerwillig und mit finsterer Miene.

Dann las auch sie Forellas Zeilen. Sie zuckte zusammen. Ihre Augen weiteten sich in ungläubigem Staunen, ihr Gesicht verzerrte sich.

„Ich denke, sie hat keine Freunde in England“, würgte sie dann mühsam hervor.

„Mir sind jedenfalls keine bekannt.“

„Was wollen wir jetzt tun?“

„Was schlägst du vor?“ Der ironische Unterton in der Stimme des Marquis war nicht zu überhören.

Wütend stopfte sie den Brief in den Umschlag zurück. „Wenn das ein Komplott zwischen ihr und Osmond Sherburn ist“, zischte sie, „dann bringe ich ihn um!“

„Mach bitte keine Szene!“ beschwor sie der Marquis.

„Keine Angst“, erwiderte seine Frau heiser. „Ich knöpfe mir Osmond nach dem Lunch vor.“

In diesem Augenblick wurde Lady Roehampton gemeldet, daß serviert sei. Sie bat die Gäste, an der Tafel Platz zu nehmen.

Mit zerknirschter Miene trat die Marquise zu ihr. „Tut mir entsetzlich leid, meine Liebe“, stammelte sie, „aber mir wurde eben erst gemeldet, daß Forella nicht am Lunch teilnehmen wird. Die Gründe erkläre ich dir später.“

Ohne sich dazu zu äußern, ordnete Lady Roehampton an, ein Gedeck zu entfernen. Zum Glück waren die beiden Herren, die jetzt nebeneinander sitzen mußten, leidenschaftliche Jäger und würden sich gewiß angeregt unterhalten.

Als Graf Sherburn an der Tafel Platz nahm und suchend seinen Blick in die Runde schweifen ließ, als vermisse er Forella, hielt das die Marquise für reine Heuchelei. Sie war überzeugt davon, daß er genau Bescheid wußte.

Er hat sie beschwatzt, damit er sich aus der Affäre ziehen kann, dachte sie wütend. Aber damit kommt er nicht durch! Dafür sorge ich. Er wird sie heiraten und wenn George ihn durch eine Duellforderung dazu zwingen muß!

Dazu würde der Graf es nicht kommen lassen, denn sowohl er als auch George fürchteten nichts so sehr als einen Skandal und einen negativen Bericht in der Zeitung.

Sie malte sich bereits aus, wie sie die Trauungszeremonie genießen würde, wie sie triumphieren würde, wenn man den Grafen gegen seinen Willen zum Altar führte. Dann hatte sie wieder die Oberhand und würde auch in Zukunft keine Gelegenheit versäumen, um sich über ihn lustig zu machen.

Ich habe gesiegt! triumphierte sie innerlich. Jedesmal, wenn er die Frau ansieht, die seinen Namen trägt, wird er bereuen, mich verlassen zu haben!

Als die Damen den Speisesaal verließen, ging sie dicht am Grafen vorbei und sagte so leise, daß nur er es hören konnte:

„Ich muß mit dir reden, Osmond. Es ist sehr wichtig!“

Sie sah ihm an, daß er sich am liebsten geweigert hätte, doch sie ließ nicht locker, sondern schnitt ihm den Weg zur Bibliothek ab, wohin sich die Herren gewöhnlich nach dem Lunch zu begeben pflegten.

„Gehen wir in den Garten. Ich muß dir etwas zeigen.“

Um nicht alles noch schlimmer zu machen, fügte er sich. Widerwillig, wie ihr sein vorgerecktes Kinn verriet.

Sie überquerten den Rasen, bis sie außer Hörweite der anderen waren, die sich auf der Terrasse aufhielten.

Wortlos überreichte ihm die Marquise Forellas Brief. Sie wartete, bis er ihn gelesen hatte, dann sagte sie kalt: „Da das dein Werk ist, wünsche ich zu erfahren, wohin du sie geschickt hast!“

„Damit habe ich nichts zu tun!“ lautete seine scharfe Erwiderung. „Ich habe keine Ahnung, wohin das Mädchen gegangen ist.“

„Erwartest du etwa, daß ich dir das glaube?“

„Du kannst glauben, was du willst“, entgegnete er. „Vermutlich hatte sie so viel Verstand, deinen billigen Auftritt letzte Nacht zu durchschauen und sich sowohl meiner als auch deiner Gegenwart zu entziehen.“

„Du bist sehr wortgewandt“, höhnte die Marquise, „aber du kannst dir sicher vorstellen, daß George über das, was seiner Nichte zugestoßen ist, sehr beunruhigt ist. Sie war noch nie zuvor in England und kann daher auch keine Freunde haben. Durch die Dienstboten erfuhr ich lediglich, daß sie mit einem Pferd aus dem Stall des Prinzen ganz früh weggeritten und noch nicht zurückgekehrt ist.“

Zum erstenmal hörte der Graf interessiert zu. „Sie ist allein weggeritten?“

„Natürlich war sie allein!“ fuhr die Marquise ihn an. „Sie kannte hier doch niemanden außer ihren Onkel und mich.“

„Ich muß schon sagen, daß sie offenbar über einen gesunden Menschenverstand verfügt.“

„Laß deine Phrasen!“ wies die Marquise ihn an. „Sag mir lieber, wo sie ist!“

„Ich kann nur wiederholen, daß ich nicht die geringste Ahnung habe“, erwiderte der Graf. „Ich weiß überhaupt nichts über deine Nichte, außer, daß sie offenbar ein sehr vernünftiges junges Mädchen ist.“

„Ist das alles, was du zu dieser ungeheuerlichen Angelegenheit zu sagen hast?“ fragte die Marquise aufgebracht.

„Was soll ich denn sonst noch sagen?“ wollte der Graf von ihr wissen. „Soll ich die Meute loslassen und sie hetzen wie einen tollwütigen Fuchs?“ Er hielt einen Augenblick inne und sagte dann langsam und bedächtig: „Meinetwegen kann sie so lange wegbleiben, wie sie will, Kathie, denn eines steht doch fest: Wenn sie nicht da ist, kannst du auch unsere Verlobung nicht bekanntgeben, ohne beträchtliches Aufsehen zu erregen!“

Sein selbstzufriedenes Lächeln brachte die Marquise derart in Rage, daß sie ihn am liebsten ins Gesicht geschlagen hätte. Da ihr keine Erwiderung einfiel, machte sie auf dem Absatz kehrt und stürmte mit wogendem Busen und raschelnden Röcken davon.

5

Vor der Haustür stieg Forella vom Pferd und wandte sich an Thomas, der sie begleitet hatte.

„Danke für den Ritt. Es hat mir gut gefallen."

„Ganz meinerseits, Mylady", erwiderte Thomas.

Sie sah ihm nach, als er, die Mütze in der Hand, zu den Ställen ritt, und fand, daß er ein sehr sympathischer Mann war.

Als sie den Wunsch geäußert hatte, auf György auszureiten, hegte sie die leise Befürchtung, der sie begleitende Stallbursche könnte sie zu einer langsamen Gangart zwingen, weil er mit ihrem Tempo nicht mithalten konnte.

Staunend stellte sie dann fest, daß die Ställe des Herrenhauses mindestens ein Dutzend rassiger Reitpferde aufwiesen und Thomas, der für deren Pflege verantwortlich war, mit einem typisch englischen Stallmeister wenig gemein hatte.

Er war ein gutaussehender Mann um die Vierzig, hatte gute Manieren und war gebildeter, als das in seiner Position üblich war.

Natürlich kannte sie sich in englischen Gestüten nicht aus, aber sie vermochte zu beurteilen, ob jemand mit Pferden umgehen konnte, und das war bei Thomas ganz sicher der Fall.

Gleich bei ihrem ersten Ausritt lernte sie ihn schätzen, wie er ihre Reitkünste schätzen lernte.

Wie sie mit dem gewöhnlich bockigen, eigensinnigen György umging und mühelos in den Sattel stieg, verriet ihm, daß sie wohl mit jedem störrischen Gaul zurechtkommen würde.

Als György aufhörte, herumzutänzeln und sich ihrem Befehl fügte, sagte Thomas schlicht: „Ich gratuliere Ihnen, Mylady."

Forella lächelte erfreut. „György soll seinen Spaß haben. Noch nie habe ich mich so auf einen Ausritt gefreut wie heute morgen."

„Sie werden bestimmt nicht enttäuscht werden", versprach ihr Thomas.

Er führte sie meilenweit durchs Gelände, zu ihrer Beruhigung in die entgegengesetzte Richtung vom Schloß, so daß sie nicht Gefahr lief, mit einem Gast des Prinzen zusammenzutreffen.

Sie begegneten nur wenigen Menschen. Einige Männer arbeiteten auf den Feldern; hin und wieder holperte ein Pferdewagen oder ein Leiterwagen an ihnen vorbei über die schmalen Feldwege.

Erst zwei Tage später faßte Forella sich ein Herz, die Frage zu stellen, die sie beschäftigte.

„Wozu hält sich Seine Hoheit so viele Pferde? Und wer hält sie in Bewegung?"

Thomas ließ sich Zeit mit der Antwort. „Einige davon sind Kutschpferde, Mylady", sagte er dann auf seine bedächtige Art. „Die anderen läßt Seine Hoheit von mir zureiten, weil ihm dazu die Zeit fehlt."

„Sind Sie schon lange bei ihm angestellt?" fragte Forella.

Wieder entstand eine kleine Pause, bevor Thomas antwortete: „Ich bin seit genau drei Jahren bei Seiner Hoheit im Dienst."

Sie spürte, daß er nicht weiter darüber reden wollte, und war taktvoll genug, seinen Wunsch zu respektieren.

Allerdings konnte sie nicht verhindern, daß ihre Neugier geweckt war und sie sich im Laufe der nächsten Tage nicht nur über ihn, sondern auch über andere Beobachtungen, die sie anstellte und die ihr einige Rätsel aufgaben, Gedanken machte.

Sie verstand nicht recht, wie das Herrenhaus geführt wurde, in dem sie sich von Anfang an wohl gefühlt hatte. Mrs. Newman, die Haushälterin, traf offensichtlich eigenständig Entscheidungen und hielt den Alltagskram von der Prinzessin fern.

So entschied sie, Forella das Frühstück ins Schlafzimmer zu

bringen, da die Prinzessin ebenfalls stets im Bett zu frühstücken pflege und es zu ungemütlich sei, wenn Forella allein im Frühstückszimmer ihre Mahlzeit einnehmen müßte.

„Ich werde mir wie ein Luxusgeschöpf vorkommen“, erwiderte Forella.

Dabei mußte sie daran denken, daß sie in den Jahren nach dem Tod ihrer Muter jeden Morgen sehr früh aufgestanden war, um ihrem Vater das Frühstück zu machen. Selbst als sie Dienstboten hatten, war es ihm lieber, wenn sie ihn bediente.

Zuweilen, wenn sie auf Reisen waren, hatten sie das Frühstück über einem Lagerfeuer zubereitet. Sie hatten sich wie die Einheimischen Maisbrei mit Nüssen und frischer Kokosmilch gekocht. Ganz gleich, was es war, ihr Vater erwartete stets, daß Forella es ihm servierte und sich erkundigte, ob es ihm schmecke.

Manchmal schien ihn so etwas wie Heimweh zu befallen, denn dann klagte er: „Ich habe diesen Fraß satt und sehne mich nach einem schönen englischen Frühstück mit gebratenem Speck und Spiegeleiern und einem halben Dutzend Silberschüsseln mit allen möglichen köstlichen Speisen zur Auswahl, wie wir es zu Hause hatten,“ Dann hatte er lachend bemerkt: „Offenbar vergreise ich allmählich, daß mir so etwas plötzlich begehrenswert erscheint.“

Am zweiten Morgen ihres Aufenthalts im Manor war Forella nach dem Frühstück auf das Gurren einer weißen Taube auf ihrem Fensterbrett aufmerksam geworden.

Langsam, um das Tier nicht zu erschrecken, war sie ans Fenster getreten, hatte einige Brocken Toast auf einem Tablett nach draußen gestreckt und eigentlich erwartet, daß die weiße Taube scheu davonflattern würde.

Das Gegenteil war der Fall. Das Tier war so zahm, daß es ihr sogar aus der Hand fraß. Dann flatterte es ohne Hast davon.

In diesem Augenblick trat Mrs. Newman ins Zimmer.

„Sind Sie fertig mit dem Frühstück, Mylady?“ fragte sie.

„Ja, vielen Dank“, erwiderte Forella. „Was ich nicht geschafft habe, das hat eine der weißen Tauben gefuttert, als ob sie nicht schon fett genug wäre!"

Sie lachte, aber Mrs. Newman stimmte nicht ein. „Sie sollten die Tauben nicht hier füttern, Mylady", sagte sie stirnrunzelnd. „Sie gehören der armen Lady."

„Wer ist das?" wollte Forella wissen.

Die Haushälterin wandte sich ab und stellte das Geschirr aufs Tablett.

„Ist schon in Ordnung", sagte sie dann hastig. „Vergessen Sie, was ich gesagt habe, Mylady.

Damit verließ sie so rasch das Zimmer, daß Forella keine Fragen mehr stellen konnte.

Nachdenklich blickte sie der Haushälterin nach. Es war sonst nicht ihre Art, unhöflich zu sein, und Forella überlegte, wer die „arme Lady" wohl sein mochte.

Vermutlich meinte sie die Prinzessin, aber Forella hatte sie bisher noch nie die Tauben füttern sehen. Vielmehr hatte sie sich gestern noch über die Tiere beklagt, die so viel Lärm machten und sie jeden Morgen aufweckten.

„Aber sie sind doch so hübsch", hatte Forella eingewandt.

„Mag sein, aber sie machen einen Haufen Dreck", hatte die Prinzessin erwidert und dann das Thema gewechselt.

Aber wenn es nicht die Prinzessin war, wer mochte dann die „arme Lady" sein?

Forella hatte festgetellt, daß es mehr Dienstboten im Haus gab, als eigentlich für eine einzelne Dame benötigt wurden. Allerdings kannte sie sich nicht in der englischen Herschaftshaushaltsführung aus und wußte nur, was ihr Vater ihr über die Scharen von Dienstboten im Haus ihres Großvaters erzählt hatte. Vom Spüljungen bis zum hochherrschaftlichen Kammerherrn war alles vorhanden gewesen. Letzterer hatte eine so wichtige Stellung innegehabt, daß er von den übrigen Dienstboten mehr gefürchtet wurde als ihr Herr.

Da ihr Vater gern von zu Hause und von seinen Vorfahren erzählte, bat Forella ihn immer wieder um Einzelheiten über seine Kindheit und die prächtigen Feste, die am Claye Park gefeiert worden waren.

Ebenso war es, wenn sie mit ihrer Mutter allein war. Sie pflegte ihr den prächtigen Palast zu beschreiben, den ihre Familie bewohnte, und die riesigen Ländereien, die sie in Ost-Ungarn besaßen.

Was Forella vor allem an diesen Schilderungen fasziniert hatte, war der Kontrast zu ihrem eigenen, ein wenig chaotischen, aber stets abwechslungsreichen Leben.

Seit sie in England war, hatte sie sich immer wieder gewünscht, ihren Vater bei sich zu haben, der sich über die steifen Regeln und Umgangsformen seiner Landsleute lustig machen würde.

Ein großer Haushalt, wie zum Beispiel im Schloß, ließ sich jedoch nur reibungslos führen, wenn gewisse Regeln und Rangordnungen eingehalten wurden. Das erkannte sie jetzt.

Das Herrenhaus war zwar viel kleiner als das Schloß, aber auch hier begegneten ihr auf Schritt und Tritt adrett gekleidete uniformierte Hausmädchen, die morgens schon den Staubwedel schwangen, und junge Lakaien in prächtigen Livreen, die Newman zur Hand gingen, wenn er der Prinzessin die Mahlzeiten servierte.

Was mochten sie wohl tun, wenn die Prinzessin und sie den Eßtisch verließen und das Geschirr abgeräumt war? Newman würde bestimmt eine Beschäftigung für sie finden und keinen Müßiggang dulden.

Sie selbst genoß jeden Tag und fand das Leben hier vergnüglicher, als sie es sich vorgestellt hatte. Sofort nach dem Frühstück pflegte sie auszureiten, falls die Prinzessin nicht ihre Gesellschaft wünschte. Die Nachmittage waren ausgefüllt mit interessanten Gesprächen mit der Prinzessin, einer sehr klugen, weisen und gleichzeitig verständnisvollen Frau, die so spannend zu erzählen wußte, daß Forella sich in eine Märchenwelt versetzt fühlte.

Am Dienstag hofften sie beide, daß die Party des Prinzen zu Ende war und er sie vor seiner Rückreise nach London besuchen würde.

„Hat János dir etwas über mich erzählt?“ fragte die Prinzessin aus ihren Gedanken heraus.

„Nur daß Sie seine Cousine sind und seit Ihrer Ankunft in England bei ihm wohnen.“

„Warum ich mein Land verlassen habe, hat er nicht gesagt?“

„Nein.“

„Dann laß dir eines gesagt sein: Wenn es einen irdischen Erzengel gibt, dann ist es János Kovác!“

„So habe ich ihn eigentlich noch nicht gesehen, aber ich schätze ihn als einen sehr gütigen Menschen“, erwiderte Forella.

„Er hilft jedem, der in Not ist“, sagte die Prinzessin lächelnd. „János hat noch keinen Menschen abgewiesen, der ihn um Hilfe gebeten hat, und ich liege oft nächtelang wach und grüble, warum einem Mann mit so viel Güte im Herzen kein Glück beschieden ist.“

„Ist er denn nicht glücklich?“ fragte Forella bestürzt.

Die Prinzessin schien etwas erwidern zu wollen, sich aber plötzlich eines Besseren zu besinnen.

„Die Reichen sind nicht immer so glücklich, wie die Leute sich das vorstellen“, sagte sie ausweichend.

„In welcher Weise hat der Prinz Ihnen geholfen?“ wollte Forella wissen.

Die Prinzessin schwieg einen Augenblick. „Es gibt keinen Grund, es dir zu verheimlichen. Tatsächlich bin ich seine Großcousine, aber wie alle ungarischen Familien sind auch die Kovács immer gemeinsam durch dick und dünn gegangen, es sei denn, einer von ihnen – wie ich, zum Beispiel – schnitt die Familienbande entzwei.“

„Was meinen Sie damit?“ fragte Forella gespannt.

Die Prinzessin lächelte versonnen. „Ich habe den Mann geheiratet, den ich liebte“, sagte sie dann.

„Und die Kovács waren damit nicht einverstanden?"

„Sie widersetzten sich mit allen ihnen zur Verfügung stehenden Argumenten und Mitteln dieser Verbindung!"

„Aber warum denn?"

„Das sollst du erfahren, mein Kind", sagte die Prinzessin seufzend. „Mein Mann war kein Adliger. Er war nicht gerade ein ‚Mann aus dem Volke', aber fast. Außerdem war er Revolutionär."

„Wie aufregend!" Forella lauschte der Prinzessin mit angehaltenem Atem. Die alte Dame genoß es sichtlich, eine so aufmerksame Zuhörerin zu haben, und sie fuhr fort:

„Als meine Familie drohte, Imbe Dábas zu erschießen, wenn er sich mir näherte, bin ich mit ihm durchgebrannt."

„Wie mutig von Ihnen!" Dabei überlegte Forella, daß es sicher einfacher war, mit einem Menschen, den man liebte, zu fliehen, als ganz allein, wie sie es versucht hatte.

„Ich kroch eines Nachts wie die Heldin in einer romantischen Novelle klammheimlich aus dem Bett", erzählte die Prinzessin weiter. „Meine Wertsachen hatte ich in einen Schal gewickelt. Damit stahl ich mich aus dem Palast. Imbe wartete schon auf mich. Wir ritten schnell vom Palast meines Vaters weg. Wenn man uns erwischt hätte, dann hätte Imbe sterben müssen. Mich hätte man im elterlichen Haus gefangengehalten und Tag und Nacht bewacht."

„Aber Sie sind entkommen, nicht wahr?" rief Forella aufgeregt.

„Wir ritten zwei Tage und zwei Nächte durch, ohne uns Schlaf zu gönnen", sagte die Prinzessin, „bis wir den Besitz meines Vaters hinter uns gelassen hatten, dann ließen wir uns trauen."

„Wo war das?"

„In einer kleinen Kirche am Fuß der Berge."

„Und Sie haben Ihre Flucht von zu Hause nie bereut?"

„Niemals!" erwiderte die Prinzessin mit Nachdruck. „Ich liebte Imbe, und er betete mich an. Man könnte sagen, wir waren füreinander bestimmt und nur glücklich, wenn wir zusammen waren."

„Das klingt sehr romantisch", stellte Forella fest. „Genauso haben mein Vater und meine Mutter füreinander empfunden."

„Es ist die wahre Liebe", sagte die Prinzessin. „Was uns die Zukunft auch bescherte, in dem Augenblick, als Imbe mich zu seiner Frau machte, war ich der glücklichste Mensch auf Erden." Ihre Stimme klang bewegt, als sie das sagte.

„Was geschah danach?" fragte Forella.

„Wir lebten weiter in Ungarn", sagte die Prinzessin. „Imbe war berüchtigt als ein Mann, der ständig die Regierung attackierte und immer neue Reformen forderte. Er machte sich mehr und mehr zum Anwalt der Unterdrückten und Ausgebeuteten."

„Haben Sie ihm dabei geholfen?" fragte Forella.

„Ich half ihm mit meiner Liebe und einem gemütlichen Heim, in dem er Ruhe und Entspannung fand."

Forella wirkte wohl ein wenig enttäuscht darüber, denn die Prinzessin fügte erklärend hinzu: „Er wollte es so. Niemals hätte er zugelassen, daß das Liebste, was er besaß, einer feindlichen, grausamen Welt ausgesetzt wurde, die er ständig anprangerte und die ihn nicht verstehen wollte."

„Das ist wohl das Los aller Menschen, die für Reformen kämpfen", murmelte Forella vor sich hin.

„Wie recht du hast", erwiderte die Prinzessin. „Aber obwohl viele Leute Imbe haßten, schaffte er es doch, daß einige seiner Reformen durchgesetzt wurden, was niemals geschehen wäre, hätte er sich nicht so vehement und furchtlos für die Unterdrückten und Geknechteten eingesetzt."

„Er muß ein großartiger Mensch gewesen sein!"

„Für mich jedenfalls", erwiderte die Prinzessin. „Es machte mir auch nichts aus, daß ich von meiner Familie und all meinen früheren Freunden geschnitten wurde. Für mich gab es nur noch einen Menschen auf der Welt, und das war Imbe."

Als müsse sie Forella ihre Situation verständlicher machen,

fügte sie noch hinzu: „Bald merkte ich, daß die Leute, die mit Imbe zusammenarbeiteten und ihn als ihren Führer anerkannten, mir mit Mißtrauen begegneten."

„Warum denn?"

„Ich stammte aus der verhaßten Oberschicht, die ihnen übel mitgespielt hatte", erwiderte die Prinzessin schlicht. Sie machte eine wegwerfende Handbewegung und fuhr fort:

„Ihre Feindseligkeit machte mir ebensowenig aus wie die meiner Familie. Für mich gab es nur Imbe! Wenn er nach Hause kam und mir sagte, wie sehr er mich liebte, vergaß ich in seinen Armen allen Kummer und selbst die schlimmsten Sorgen." Ein Lächeln umspielte die Lippen der Prinzessin.

„Wenn du einmal mein Alter erreichst, mein Kind", sagte sie versonnen, „wirst du erkennen, daß nur die glücklichsten Zeiten deines Lebens der Erinnerung wert sind, die Zeiten, in denen man Liebe gegeben und empfangen hat."

Forella drängte sie, mehr über diesen Mann, den sie geheiratet hatte, zu erzählen, ihr zu schildern, wie tapfer er für seine Sache gekämpft hatte und daß er nicht selten Erfolg gehabt und seine Unterdrücker entlarvt hatte.

„Am Ende haben sie ihn doch gefaßt", sagte die Prinzessin bekümmert. „Ein winziges Versehen von einem seiner Vertrauten brachte sie auf seine Spur. Sie sperrten ihn ein und verurteilten ihn zum Tode."

„O nein!" schrie Forella entsetzt auf.

„Ja, sie haben meinen Imbe umgebracht", sagte die Prinzessin, „und mir haben sie nicht einmal erlaubt, mich von ihm zu verabschieden!"

„Wie grausam und herzlos!"

„Sie fürchteten, wenn sie ihm irgendwelche Zugeständnisse machten, würde es ihm irgendwie gelingen, ihnen noch in letzter Minute zu entkommen. Zu lange hatte er sie an der Nase herumgeführt und war ihnen immer wieder entwischt, so daß sie schon fürchteten, er sei unsterblich."

„Es muß furchtbar für Sie gewesen sein!“

„Man beschloß, mich ebenfalls einzusperren“, fuhr die Prinzessin ruhig fort. „Wenn das geschehen wäre, hätte auch ich, ohne offiziell zum Tode verurteilt zu sein, sterben müssen.“

„Und der Prinz hat Sie davor bewahrt?“ fragte Forella, als wüßte sie bereits die Antwort.

„Ja, János tauchte in dem Augenblick auf, als ich völlig verzweifelt war, und brachte mich nach England, bevor meine Häscher zuschlagen konnten.“ Sie stieß einen tiefen Seufzer aus, bevor sie fortfuhr:

„Da jederzeit zu befürchten war, daß die ungarische Regierung einen Auslieferungsantrag stellte, versteckte er mich hier in dieser Einöde in der Hoffnung, daß sie mich hier nicht finden würden, bis Gras über die ganze Sache gewachsen war und sich keiner mehr für mich interessierte. Genau das ist wohl inzwischen eingetreten.“

„Das ist die aufregendste und spannendste Geschichte, die ich je gehört habe!“ rief Forella aus. „Ihr Mut ist bewundernswert!“

„Ich möchte nur für eines in meinem Leben Bewunderung finden“, sagte die Prinzessin leise. „Daß ich den streibarsten Menschen meines Landes in all den Jahren, die wir zusammensein durften, unsagbar glücklich gemacht habe.“ Einen Augenblick schwieg sie, von der Erinnerung überwältigt, dann fügte sie mit leiser Stimme hinzu:

„Jetzt habe ich nur noch den einen Wunsch, nach dem Tod mit ihm vereint zu sein.“

„Das werden Sie!“ erwiderte Forella überzeugt. „Papa war ganz sicher, nach dem Tod wieder mit meiner Mutter zusammensein zu können.“

„Wenn man einen Menschen von ganzem Herzen liebt, kann man ihn niemals verlieren“, sagte die Prinzessin ruhig.

Dann wechselte sie das Thema, als habe sie lange genug über sich gesprochen.

„Und deshalb wünsche ich dem wundervollen, liebenswerten

János, daß auch ihm eines Tages das Wunder der Liebe zuteil wird."

„Ich dachte, er ist verheiratet?" sagte Forella.

„Stimmt", erwiderte die Prinzessin. „Es war eine von den Eltern der jungen Leute vereinbarte Ehe, die ihm kein Glück gebracht hat."

Das klang so bedrückt, als widerstrebe es ihr, darüber zu sprechen, und Forella respektierte den unausgesprochenen Wunsch taktvoll.

„Es ist ungerecht", sagte sie nur, „daß ein so gütiger und hilfsbereiter Mensch nicht glücklich ist. Gewiß gibt es irgendwo eine Frau, die für ihn geschaffen ist, wie Sie es für Ihren Gatten waren, der alles Glück dieser Erde an Ihrer Seite gefunden hat.

„Darum bete ich Tag und Nacht", sagte die Prinzessin voller Inbrunst.

Am Abend im Bett dachte Forella lange über den Prinzen und sein Schicksal nach. Merkwürdigerweise hatte sie davon eine ganz andere Vorstellung gehabt.

Da sie ihn in den Kreisen angetroffen hatte, in denen Onkel und Tante, der Graf und Lady Esme und ihresgleichen verkehrten, war sie trotz seiner Güte und seines Verständnisses, das er ihr gegenüber gezeigt hatte, davon überzeugt gewesen, daß ihm die oberflächlichen Vergnügungen dieser Gesellschaft, über die ihr Vater sich immer lustig gemacht hatte, Spaß machten.

„Wer möchte schon in den Buckingham Palace eingeladen werden?" hatte ihr Vater einmal lachend gefragt.

„Ich schon", hatte ihre Mutter erwidert, „und sei es nur, um mit eigenen Augen festzustellen, ob dort tatsächlich alles so prunkvoll und verschwenderisch zugeht, wie man sich erzählt."

„Du wirst die ganze aufgeputzte Gesellschaft erleben", prophezeite ihr Vater, „die begierig ist, ein huldvolles königliches Lächeln zu erhaschen oder auf ein königliches Schulterklopfen lauert wie Seelöwen auf einen Fisch."

Ihre Mutter hatte gelacht und vorwurfsvoll erwidert: „Das klingt sehr abwertend, Liebster."

„Es ist die reine Wahrheit", behauptete er. „Menschen, die ansonsten über einen gesunden Menschenverstand verfügen, würden bis zum Nordpol kriechen, nur um einen Beweis königlicher Gunst zu erhaschen, in Form eines Ordens etwa, den sie sich an die Brust heften."

„So solltest du in Forellas Gegenwart nicht reden!" rügte ihre Mutter.

„Warum denn nicht?" fragte ihr Vater. „Wenn sie alt genug ist, um bei Hofe vorgestellt zu werden, soll sie sich ein eigenes Urteil bilden, ob sie es tatsächlich als das tollste Ereignis ihres Lebens ansieht oder lieber mit mir um die Wette einen endlosen Strand entlanggaloppieren würde."

„Wir nehmen beide das Rennen mit dir auf", hatte ihre Mutter lachend versichert, und damit hatten sie das Thema Buckingham Palace fallen lassen.

Der Spott ihres Vaters hatte sich Forella jedoch eingeprägt, und sie war mit Vorurteilen gegenüber der sogenannten vornehmen Gesellschaft nach England gekommen.

Daß der Graf sich mitten in der Nacht in ihr Schlafzimmer verirrt hatte und die anschließende häßliche Szene hatten ihrem Vater ebenfalls recht gegeben. Alles, was diese Mitglieder der Oberschicht taten, war widerwärtig und abstoßend.

Nur der Prinz war offenbar eine Ausnahme. Sicher weil er Ungar ist, dachte sie. Wenn ich mich mit ihm unterhalte, stelle ich bei ihm das gleiche Einfühlungsvermögen und Verständnis fest wie bei Mama. Ein Durchschnittsengländer wäre dazu gewiß nicht fähig.

Am folgenden Tag geschah etwas, das ihr den Prinzen erneut in einem anderen Licht erscheinen ließ.

Sie war im Garten gewesen, um einige der herrlich duftenden gelben Teerosen für die Prinzessin zu holen. Mit dem Strauß in der Hand wollte sie das Wohnzimmer betreten, als sie darin jemanden sprechen hörte.

Sie zögerte, weil sie nicht wußte, ob sie störte.

„Machen Sie sich keine Sorgen, *Princesse*", hörte sie einen Mann in französisch sagen. „Gut, daß Sie mich haben kommen lassen, aber es ist wirklich nichts Ernstes."

Forella wußte nun, daß ein Arzt bei der Prinzessin war und sie untersuchte. Sie wunderte sich nur darüber, daß er sich französisch mit seiner Patientin unterhielt. Vermutlich beherrschte sie diese Sprache besser als Englisch.

Gerade wollte sie sich abwenden und nach einer Vase suchen, als sie ihn sagen hörte: „Armes Ding. ich kann nicht viel mehr für sie tun, als sie ruhigzuhalten. Ich habe ihr ein Schlafmittel gegeben. Wenn sie aufwacht, wird sie vergessen haben, was geschehen ist."

Forella blieb wie erstarrt stehen. „Arme Lady" – das waren die Worte, die Mrs. Newman gebraucht hatte. Sie hatten sich offenbar auf dieselbe Person bezogen, die der Arzt erwähnte.

Die Neugier trieb sie jetzt doch ins Wohnzimmer. Die Prinzessin wandte sich ihr zu und sagte in ihrem etwas fehlerhaften Englisch: „Da bist du ja, mein Kind. Ich möchte dir Dr. Bouvais vorstellen, der mich behandelt und auch sonst als Besucher jederzeit bei uns willkommen ist."

„Ihre Hoheit sind sehr gütig", sagte der Arzt, gab Forella die Hand und murmelte: *„Enchanté, Mademoiselle."*

Nicht nur wegen seiner Sprache, sondern auch äußerlich wirkte er auf sie wie ein echter Franzose. Deshalb antwortete sie ihm auch in seiner Sprache.

„Freut mich, Sie kennenzulernen, *Monsieur.*"

„Man sagte mir, daß Sie Ungarin sind, aber Sie sprechen französisch wie eine Pariserin."

„Das Kompliment hat er mir nie gemacht", stellte die Prinzessin lächelnd fest. „Mein junger Gast, *Monsieur,* ist sehr vielseitig begabt."

„Und eine ausgezeichnete Reiterin", ergänzte der Doktor. „Das ganze Dorf spricht davon, wie hervorragend die junge Dame mit den Pferden des Prinzen zurechtkommt. So etwas hat man noch nicht erlebt."

Forella, der gar nicht bewußt geworden war, daß man außerhalb des Manor überhaupt Notiz von ihr genommen hatte, hoffte nur, daß sich daraus keine Gefahr für sie ergab. Doch dann sagte sie sich, daß die Idee des Prinzen, ihrem Onkel eine Nachricht zukommen zu lassen, sie vermutlich vor irgendwelchen Suchaktionen bewahren würde.

„Ich muß Sie jetzt verlassen, Madame", hörte sie den Doktor sagen. Er küßte mit vollendeter französischer Galanterie die Hand der Prinzessin, machte Forella ein Kompliment und bedachte sie mit einem bewundernden Blick. Dann verschwand er.

Forella reichte der Prinzessin die Rosen. „Ist es nicht ungewöhnlich, einen französischen Dorfarzt zu haben?" fragte sie dann.

Die Prinzessin lachte. „Sicher hast du bemerkt, daß er ebenfalls einer von János' Schützlingen ist."

„Er hat sich aus einem bestimmten Grund nach Little Ledbury zurückgezogen?"

„Selbstverständlich", erwiderte die Prinzessin. „Praktisch jeder hier hat zwingende Gründe, sich in dieser gottverlassenen Gegend lebendig begraben zu lassen. Du wirst sicher verstehen, daß mich die Neugier plagt, welche Gründe du hast."

Forella wich ihrem forschenden Blick aus. „Erzählen Sie mir mehr über den Doktor", sagte sie hastig.

„Gern", erwiderte die Prinzessin bereitwillig. „Er macht zumindest mir gegenüber kein Geheimnis daraus. Wenn János nicht gewesen wäre, hätte man ihn in Frankreich vor Gericht gestellt und zu langen Jahren Kerker verurteilt."

„Was hat er getan?" fragte Forella.

Die Prinzessin zuckte die Achseln. „Einzelheiten hat er mir nicht erzählt, aber ich vermute, daß er irgendeine verbotene

Operation durchgeführt hat, die entweder schiefging oder bekannt wurde."

Forella schwieg, und die Prinzessin fuhr fort: „Was auch geschehen sein mag, ich bin von seiner Unschuld überzeugt, denn ich habe noch nie einen rücksichtsvolleren und tüchtigeren Mann kennengelernt als ihn. Er ist außerdem hochintelligent, und so schön es für mich ist, ihn in der Nähe zu haben, so werde ich doch das Gefühl nicht los, daß sein Talent hier verkümmert."

Als sie später allein war, gab es für sie vieles, worüber sie nachdenken mußte. Was sie hier erlebte, mutete sie wie ein Bühnenstück an, das sich allerdings grundlegend von dem im Schloß unterschied.

Sie konnte sich lebhaft vorstellen, wie es gewesen war, als der Prinz bei Nacht und Nebel die Prinzessin über die Grenze geschmuggelt und ihr hier in Ledbury Manor ein neues Zuhause geboten hatte.

Es überraschte sie auch nicht sonderlich, daß der Doktor ihm zu Dank verpflichtet war.

Wie vielen Leuten mochte der Prinz sonst noch geholfen haben, überlegte sie. Ganz sicher gehörte auch Thomas, der Stallmeister, dazu.

Ich hoffe, daß er mir eines Tages seine Geschichte erzählt, dachte sie, oder daß ich sie von der Prinzessin erfahre.

Eine Frage beschäftigte sie jedoch am meisten: Wer mochte die „arme Lady" sein?

Am Mittwoch traf das ein, worauf Forella schon gewartet hatte. Es kam mit der Postkutsche aus London, und als sie den Inhalt der zwei Kisten begutachtete, mußte sie wieder einmal voller Bewunderung feststellen, daß der Prinz an alles gedacht hatte.

Beide Kisten waren mit einem Goldkrönchen versehen, das über dem Buchstaben „R" aufgedruckt war.

Mrs. Newman und eines der Hausmädchen halfen Forella beim Auspacken, die sich nicht anmerken ließ, daß sie die Kleider, die der Prinz für sie ausgesucht hatte, auch das erste Mal sah.

„Ich dachte schon, Ihr Gepäck käme nie an, Mylady", bemerkte Mrs. Newman. „Die Transportschwierigkeiten sind sicher schuld daran. Dabei gibt es Eisenbahnverbindungen von der Küste nach London, die das eigentlich erleichtern sollten." Als Forella sich nicht dazu äußerte, fügte sie redselig hinzu:

„Schmutzige, scheußliche Waggons sind das. Mich brächten keine zehn Pferde in diese Käfige."

Forella hörte kaum zu. Sie war damit beschäftigt, die Kleider zu betrachten, die ihr viel besser und passender erschienen als diejenigen, die ihre Tante ihr ausgesucht hatte.

Der Marquise war nur wichtig gewesen, daß Forella Aufsehen erregte in ihrer Garderobe und sie sich damit möglichst rasch einen Bewerber um ihre Hand einfing.

Der Prinz hingegen hatte sich offensichtlich auf seinen ungarischen Instinkt verlassen und das ausgesucht, was seiner Meinung nach der „würdige Rahmen für ihre Schönheit" war.

Die Roben waren relativ schlicht, aber von einer Vornehmheit, wie sie sie noch an keiner der Damen der Gesellschaft bemerkt hatte.

Nicht das schlichte Weiß, das englische Debütantinnen zu tragen pflegten, dominierte, sondern die Farbe der Bergblüten, die nach der Schneeschmelze die Hänge zierten, wie ihre Mutter ihr erzählt hatte.

Zarte Blautöne, goldgelber Schimmer und Blaßlila herrschten vor und schienen der Natur nachempfunden, der unberührten Natur, die noch keines Menschen Hand gespürt hatte.

Jedes der Kleider wies einen so geschmackvollen Schnitt auf und war so reizvoll, daß Forella es kaum erwarten konnte, alles anzuprobieren und festzustellen, wie sie darin aussah.

Als erstes entschied sie sich für ein hellgrünes Kleid, das nicht nur das Grün ihrer Augen, sondern auch ihre weiße Haut vorteilhaft zur Geltung brachte.

Mrs. Newman, die ihr beim Zuknöpfen half, sagte bewundernd: „Jetzt sehen Sie aus wie der leibhaftige Frühling, Mylady, den Sie uns mit Ihrer Anwesenheit ins Haus gebracht haben."

„Danke, Mrs. Newman", erwiderte Forella verblüfft.

„Es ist die reine Warheit, Mylady. Wenn ich Sie lachen höre oder sehe, wie Sie leichtfüßig die Treppe herunterkommen, dann fühle ich mich plötzlich auch wieder jung und unternehmungslustig, das können Sie mir glauben."

„Das haben Sie sehr hübsch gesagt", stellte Forella lächelnd fest.

Vom oberen Treppenabsatz aus bemerkte sie, daß sich jemand der Haustür näherte. Sie verhielt den Schritt und sah einen Mann in die Halle treten, dessen Anblick ihr Herz höher schlagen ließ.

Es war der Prinz, dessen Besuch sie herbeigesehnt hatte.

Sie wollte sich bemerkbar machen, aber das war unnötig.

Er spürte ihre Anwesenheit und blickte lächelnd nach oben, als sie ihm übers Treppengeländer gebeugt zuwinkte.

Rasch eilte sie die Treppe hinunter und lief auf ihn zu. Er streckte ihr beide Hände entgegen.

„Alles in Ordnung?" fragte er.

„Ja, und ich freue mich sehr, Sie wiederzusehen", erwiderte Forella. „Die Prinzessin und ich befürchteten schon, Sie hätten uns vergessen."

„Das wäre mir unmöglich gewesen", entgegnete er. „Darf ich feststellen, daß Sie reizend aussehen?"

Forella blickte verlegen auf ihr neues Kleid herunter.

„Die Sendung ist eben angekommen, und ich freue mich, Ihnen eines der Kleider vorführen zu können."

„Es steht Ihnen ausgezeichnet."

„Das habe ich auch schon festgestellt. Beinahe habe ich das Gefühl, als . . . als ob Sie alles ganz speziell für mich ausgesucht hätten."

„Sagen wir, ich habe dem Modeschöpfer meine Vorstellung

unterbreitet, wie die Kollekton aussehen soll, indem ich Sie schilderte."

„Wie reizend von Ihnen", sagte Forella, „und überaus gütig."

Er hochte auf. „Ich habe das Gefühl", bemerkte er dann, „daß meine Cousine Ihnen einiges erzählt hat."

„Es hat mich alles sehr interessiert."

„Ich hätte wissen müssen, daß keine Frau ein Geheimnis bewahren kann", sagte der Prinz in gutmütigem Spott, während sie sich zum Wohnsalon begaben.

„Ich habe meines bewahrt", sagte Forella in gedämpftem Ton, „und möchte Sie bitten, mir zu erzählen, was im Schloß geschehen ist."

„Natürlich sollen Sie alles erfahren", gab er zurück. „Doch erst muß ich meine Cousine begrüßen."

Die Prinzessin stieß einen Freudenschrei aus, als sie ihn erblickte.

„János!" rief sie entzückt aus. „Ich hatte Angst, du wärst nach London zurückgekehrt, ohne bei uns Station zu machen!"

„Ich konnte erst weg, als mein letzter Gast abgereist war", erwiderte der Prinz, „und das zog sich leider ziemlich lange hin."

„Das habe ich befürchtet", sagte die Prinzessin unwillig. „Sie nutzen deine Gastfreundschaft schamlos aus."

„Das ist nicht wahr. Und selbst wenn es so wäre, würde es mir nichts ausmachen."

„Dann ist es ja gut." Erst jetzt bemerkte die Prinzessin, daß Forella ein neues Kleid trug.

„Deine Koffer sind angekommen!" stellte sie lebhaft fest. „Ich bin sehr froh darüber. Was für ein hübsches Kleid du trägst! Du siehst ganz reizend darin aus, findest du nicht auch, János?"

„Das habe ich ihr gerade gesagt", erwiderte der Prinz.

Ihre Blicke trafen sich, und aus einem ihr unverständlichen Grund fiel es Forella schwer, wegzuschauen.

Erwartungsgemäß war er vom Schloß zu ihnen herübergeritten, und sie fand, daß er in seinen auf Hochglanz polierten Stiefeln und dem knapp sitzenden Reitrock so hinreißend aussah, daß er dem Gemälde eines georgianischen Künstlers entstiegen sein konnte.

Trotz seiner konventionellen Kleidung wirkte er jedoch nicht typisch englisch. Etwas Fremdländisches haftete ihm an, das sie nicht in Worte zu kleiden vermochte.

Newman kam geschäftig herein, gefolgt von einem Diener, der ein Silbertablett mit Sektkühler und einer Flasche Champagner trug.

„Gibt es einen besonderen Anlaß zum Feiern?“ fragte die Prinzessin.

„Wir feiern, daß es dir offensichtlich bessergeht, Cousinchen“, erwiderte der Prinz, „und daß Forella glücklich zu sein scheint.“

„Ich bin glücklich!“ rief Forella impulsiv aus.

„Und ich auch“, warf die Prinzessin ein. „In den letzten Tagen habe ich mich in Forellas Gesellschaft besser amüsiert als all die Jahre zuvor.“

„Ich hoffte, daß du das sagen würdest.“

Newman schenkte den Champagner ein. Der Prinz hob sein Glas.

„Auf das Glück!“ rief er aus. „Gibt es für uns alle einen besseren Trinkspruch?“

Er trank sein Glas leer, stellte es auf dem Tisch ab und sprach dann weiter:

„Erlaubst du, Cousine Maria, daß ich Forella in den Garten entführe? Ich habe ein paar persönliche Dinge mit ihr zu besprechen.“

„Ja, natürlich“, erwiderte die Prinzessin, „aber achte darauf, daß sie ihr neues Kleid nicht ruiniert!“

„Darauf werde ich ganz besonders achten“, versprach der Prinz augenzwinkernd.

Sie gelangten durch die Terrassentür in den Garten. Während sie den Rasen überquerten, fragte Forella besorgt:

„Was ist passiert? Sie müssen mir alles erzählen."

„Die beste Antwort darauf", erwiderte der Prinz, „lautet: gar nichts!"

„Nichts?"

„Ihr Onkel war überrascht und ihre Tante sehr verärgert, als sie Ihre Zeilen gelesen hatte."

„Und der Graf?"

„Vermutlich hat Ihre Tante ihm den Brief gezeigt. Jedenfalls kam er mir gegen Abend viel fröhlicher vor als am Morgen, und er verbrachte jede freie Minute mit Lady Esme, bis deren Gatte eintraf."

Er bemerkte, wie Forella ihn verständnislos ansah.

„Ihr . . . Gatte?" wiederholte sie, als glaube sie, sich verhört zu haben. „Wollen Sie damit sagen, daß . . . daß Lady Esme verheiratet ist?"

„Natürlich ist sie verheiratet. Ich dachte, das wüßten Sie", gab der Prinz zurück. „Ihr Gatte ist Sir Richard Meldrum, ein hervorragender Diplomat."

„Aber . . . aber davon hatte ich ja keine Ahnung!" rief Forella fassungslos aus. „Wieso . . . wieso hat sie dann mit dem Grafen geflirtet, wenn sie doch verheiratet ist? Und . . . was wollte er in ihrem Schlafzimmer?"

Das klang so unschuldig und naiv, daß der Prinz unwillkürlich den Atem anhielt.

„Ich halte es für einen Fehler, Forella, wenn Sie sich über die Menschen, die Sie in Ihrem neuen Leben hinter sich gelassen haben, Gedanken machen. Sie wissen, wie stark Gedankenübertragung wirken kann. Wenn Sie also zu intensiv an diese Leute denken, könnten Sie ungewollt deren Aufmerksamkeit auf sich lenken."

Forella stieß einen Schreckenslaut aus.

„Das möchte ich auf keinen Fall! Sicher haben Sie recht."

Sie dachte einen Augenblick nach, bevor sie fortfuhr: „In Indien hat Papa mir einmal erzählt, daß es Inder gibt, die durch

Gedankenübertragung oder Instinkt ahnen, daß Hunderte von Meilen entfernt irgendein Unglück geschehen ist."

„Das ist wahr", erwiderte der Prinz, „deshalb müssen Sie mir versprechen, keinen Gedanken mehr an Ihren Onkel, Ihre Tante oder gar den Grafen zu verschwenden. Für ihn gibt es keine Veranlassung, jemals wieder in Ihr Leben zu treten."

„Soll das heißen", fragte Forella nach einer Weile, „daß ich für . . . immer hierbleiben soll?"

„Natürlich nicht", erwiderte der Prinz. „Ich habe da einige Pläne, wie es weitergehen könnte, möchte aber vorläufig noch nicht darüber sprechen."

Er bemerkte ihren forschenden Blick, der Neugier und Unsicherheit verriet.

„Ich habe Sie gebeten, mir zu vertrauen", fügte er hinzu.

„Aber ich vertraue Ihnen doch!" rief Forella aus. „Nach all Ihrer Güte und Hilfsbereitschaft genießen Sie natürlich mein uneingeschränktes Vertrauen. In Zukunft werde ich nicht nur meine Zunge hüten, sondern auch meine Gedanken zügeln."

„Das ist sehr vernünftig von Ihnen", sagte der Prinz lächelnd. „Die Kunst der Verstellung besteht vor allem darin, sich völlig in die Rolle zu versetzen, die man zu spielen hat, gewissermaßen mit ihr eins zu werden."

„Darum bemühe ich mich schon die ganze Zeit", erwiderte Forella. „Die Prinzessin ist überzeugt davon, daß ich Ungarin bin, und die übrigen Hausbewohner sind es sicher auch."

„Sie sind ungarischer Abstammung!"

„Aber ich war noch nie in diesem Land und befürchte, einen Fehler zu machen, der mich entlarven könnte."

„Was ist aus Ihrer vielgerühmten Intelligenz geworden, die Sie als Ihren wertvollsten Besitz ansehen?" wollte der Prinz wissen.

„Jetzt machen Sie sich lustig über mich", erwiderte Forella lächelnd. „Doch bisher habe ich soviel Glück gehabt, daß es mir ganz gewiß auch in Zukunft treu sein wird."

„Ganz sicher", sagte er überzeugt.

„Mein Glück verdanke ich Ihnen“, fuhr Forella leise fort. „Ich werde Ihnen nie im Leben vergessen, daß Sie mich gerettet haben, als ich . . . allein und voller Furcht vor zum Schloß zurückkehren und den Grafen heiraten zu müssen.“

„Denken Sie nicht mehr daran! Nie mehr!“ Er sagte das beinahe heftig und mit so viel Nachdruck, daß Forella eingeschüchtert erwiderte:

„Ich werde es versuchen . . . weil . . . weil Sie es mir geraten haben und ich alles tun möchte, damit Sie zufrieden sind.“

„Ich bin sehr mit Ihnen zufrieden“, versicherte der Prinz, „und wünschte nur, länger bleiben zu können, um Sie auch noch in den anderen Roben bewundern zu können, die ich für Sie ausgesucht habe.“

„Sie . . . Sie wollen uns schon wieder verlassen?“ fragte sie erschrocken.

„Ich muß noch heute nach London reisen“, erwiderte der Prinz. „Es gibt einiges zu erledigen. Sobald ich kann, bin ich wieder bei Ihnen.“

„Großes Ehrenwort?“

Forella konnte sich selbst nicht erklären, weshalb sie ihn unbedingt in der Nähe haben, weshalb sie am liebsten verhindern wollte, daß er wegging.

„Ich gebe Ihnen mein feierliches Ehrenwort“, erwiderte der Prinz, „und werde das nächste Mal ganz bestimmt länger bleiben.“

„Die Prinzessin würde sich ganz sicher sehr darüber freuen.“ Impulsiv fügte sie hinzu: „Und ich auch.“

Daraufhin bekam er einen so merkwürdigen Gesichtsausdruck, wie sie ihn noch nie bei ihm bemerkt hatte, sagte aber nichts.

Auf dem Weg zum Haus scheuchten sie ungewollt einige der weißen Tauben auf, die sich in den Büschen am Wegrand niedergelassen hatten und nun mit lautlosem Flügelschlag davonzogen.

„Da fällt mir ein, was ich Sie noch fragen wollte", sagte Forella angesichts der davonfliegenden Tauben. „Sowohl der Doktor als auch Mrs. Newman sprachen von einer ‚armen Lady'. Wen haben sie damit gemeint?"

Sie hatte die Frage kaum ausgesprochen, als sie merkte, daß sie besser nicht gestellt worden wäre. Stirnrunzelnd starrte der Prinz vor sich hin, und seine Züge verhärteten sich.

Seine Reaktion bereitete ihr Unbehagen. Sie wollte sich entschuldigen, wollte ihn bitten, ihr die unschickliche Neugier zu verzeihen, da sagte er mit völlig ausdrucksloser Stimme: „Damit meinen sie meine Frau."

6

Für einen Augenblick verschlug es Forella die Sprache, dann sagte sie mit einer Stimme, die völlig verändert und ihr selbst fremd klang:

„Ihre Frau?“

Nicht eine Sekunde war ihr in den Sinn gekommen, daß die Prinzessin im Manor, daß sie überhaupt in England leben könnte.

Dabei war es durchaus einleuchtend, daß der Prinz sie hier in dieser Abgeschiedenheit untergebracht hatte, da sie offensichtlich ein Leiden hatte.

Inzwischen hatten sie das Haus erreicht, betraten es aber nicht durch die Terrassentür, die noch offenstand.

Plötzlich, so als habe er sich zu etwas durchgerungen, machte der Prinz kehrt. Er faßte nach Forellas Arm und zog sie mit sich zurück in den Garten, über den Rasen und an einigen Büschen vorbei in einen Teil der Anlage, den sie bisher erst einmal durchstreift hatte.

Er wirkte weniger gepflegt als der übrige Garten, wies mehr Büsche und Hecken als Blumen auf und gab schließlich den Blick auf ein Sommenhäuschen frei, das Forellas Schätzung nach wenig benutzt wurde.

Der Prinz blieb stehen, und sie entdeckte unter dem Strohdach, zu dem sich Kletterrosen emporrankten, eine mit Kissen gepolsterte Holzbank.

Alles, was mit ihm zu tun hatte, wirkte perfekt und bis ins kleinste durchdacht. So auch diese Sitzbank, die offensichtlich jeden Tag von einem der Diener für eventuelle Benutzer sauber gemacht und mit Kissen bereitgehalten wurde.

Doch dafür hatte sie im Augenblick wenig Sinn. Sie beschäftigte sich ausschließlich mit dem, was der Prinz ihr anvertraut hatte, und fühlte sich seltsam davon berührt, mit seiner Frau unter einem Dach zu leben.

Sie nahmen auf der Sitzbank Platz.

„Ich möchte Ihnen von meiner Frau erzählen, Forella", sagte er dann. „Besser, ich kläre Sie darüber auf, als daß es andere auf ihre subjektive Weise tun."

Sie spürte, wie schwer es ihm fiel, darüber zu sprechen.

„Bitte, Sie brauchen mir nichts zu erzählen", sagte sie hastig. „Es tut mir leid, daß ich so . . . neugierig und taktlos war."

„Ihre Neugier ist doch verständlich." Er lächelte nicht, als er das feststellte, sondern starrte vor sich hin und schien in Gedanken weit weg zu sein.

Das Schweigen zwischen ihnen begann quälend zu werden, da ließ er sich schließlich vernehmen:

„Ich wurde mir ihr vermählt, als ich sehr jung war. Sie war die Tochter eines benachbarten Landedelmanns, dessen Familie dem gleichen Stand angehörte wie die meine. Obwohl die Verbindung zwischen meinem Vater und dem Vater der Braut ausgehandelt worden war, verliebte ich mich in Gisella, als ich sie in ihrer Schönheit das erste Mal erblickte."

Aus einem ihr selbst unerklärlichen Grund löste diese Aussage ein merkwürdiges Gefühl bei Forella aus. Obwohl sie keinen Ton von sich gab und sich nicht bewegte, schien er zu spüren, daß sie ihm aufmerksam zuhörte.

„Erst nach unserer Vermählung erkannte ich, daß Gisella sehr jung, ja geradezu kindlich für ihr Alter war", fuhr der Prinz fort. „Da wir uns vorher selten gesehen hatten, war mir das nicht aufgefallen."

Er stieß einen Seufzer aus, der aus seinem tiefsten Inneren zu kommen schien, bevor er weitersprach:

„Das ist eigentlich schon die ganze Geschichte. Gisella wurde nie erwachsen. Obwohl ihre Eltern ganz sicher wußten, wie es um sie stand, waren sie so entzückt über unsere Vermählung, daß sie nichts davon erwähnten, um die Verbindung unserer beiden Familien nicht zu gefährden."

Forella sah ihn fassungslos an, sagte aber nichts, und der Prinz fuhr fort:

„Erst als ich begriff, daß Gisella nicht fähig war, sich länger als ein paar Sekunden auf irgend etwas zu konzentrieren, daß sie sich für eine Blume oder einen Schmetterling mehr interessierte als für ihren Mann, der in ihrem Leben völlig fehl am Platze schien, erkannte ich die volle Wahrheit."

„Gab es denn keine Möglichkeit, ihren Zustand zu verbessern?" fragte Forella mit belegter Stimme.

„Sie können sich gewiß vorstellen", erwiderte er, „daß ich sie zu allen berühmten Ärzten Ungarns brachte und auch Kapazitäten in Österreich und Frankreich aufsuchte. Sie alle konnten mir lediglich bestätigen, was ich selbst schon erkannt hatte: Sie war ein Kind geblieben und würde nie erwachsen werden."

Er schwieg einen Augenblick, bevor er fortfuhr:

„Sie habe, so sagte man mir, vermutlich bei ihrer Geburt einen Gehirnschaden erlitten, vielleicht hatte sie auch jemand als Baby fallen lassen. Genau konnten sie mir nicht sagen, woher ihr Leiden rührte."

Er sagte das in so schmerzlichem Ton, daß Forella unwillkürlich die Hand nach ihm ausstreckte, um ihn zu trösten.

„Das ist noch nicht alles!" sagte er dann verbittert.

„Was war noch?"

„Als Gisella älter wurde, bekam sie Anfälle und wurde zuweilen richtig bösartig und unberechenbar."

„Wie entsetzlich!" rief Forella bestürzt aus.

„Das ist auch der Grund dafür", fuhr der Prinz fort, als habe er ihren Ausruf gar nicht gehört, „daß ständig zwei Pflegerinnen bei ihr sein müssen und sie keinen anderen Menschen sehen darf. Manchmal vergeht eine Woche oder sogar ein Monat ohne einen Anfall, doch wenn er dann kommt, ist es beängstigend."

Wieder atmete er tief durch, bevor er schloß: „Das ist alles, was es dazu zu sagen gibt. Ich wollte, daß Sie die Wahrheit erfahren."

„Ich bin froh, daß Sie es mir offen gesagt haben", erklärte Forella, „aber der Gedanke, wie sehr Sie gelitten haben müssen, schmerzt mich."

„Ich brauche kein Mitleid", entgegnete der Prinz schroff. „Ich habe für genügend Entschädigung in meinem Leben gesorgt und möchte keine davon missen."

Sie nahm an, daß er seine Pferde meinte, vielleicht noch seine angesehene Stellung in Ungarn und auch in England und seinen Reichtum, aber zum erstenmal kam ihr zu Bewußtsein, daß er trotz des Glanzes, der ihn umgab, ein einsamer Mensch war.

„Sie haben so vielen Menschen geholfen", sagte sie leise, „und ich wünschte, ich könnte Ihnen meine Dankbarkeit erweisen, indem ich Ihnen auf irgendeine Weise helfe."

Zum erstenmal, seit sie auf der Sitzbank im Sommerhäuschen Platz genommen hatten, wandte er sich ihr zu, und wieder gab ihr sein Gesichtausdruck Rätsel auf.

„Ich werde Vorkehrungen treffen, Sie irgendwo unterzubringen, wo Sie in Sicherheit sind", sagte er dann. „Vielleicht in Ungarn. Wenn Ihre Verwandten Sie nicht aufnehmen, dann werden es meine mit Freuden tun."

„Ungarn?" wiederholt Forella tonlos. „Aber das ist so weit weg, und ich würde mich ängstigen so allein. Bitte, kann ich nicht hierbleiben? Ich bin so glücklich bei der Prinzessin und so froh darüber, Sie ab und zu sehen zu können."

Sie blickte zu ihm auf, und als die Augen des Prinzen ihren Blick erwiderten, schienen sie plötzlich immer größer zu werden, schien alles um sie herum zu versinken, nur diese großen grauen Augen waren da und beherrschten ihr ganzes Denken und Fühlen.

Für eine Sekunde – für eine Ewigkeit – stand die Zeit still.

Dann sagte er mit einer Stimme, die ihr völlig fremd vorkam:

„Um Himmels willen, machen Sie nicht alles noch schwerer, als es ohnehin schon ist. Sie müssen weg! Sie müssen doch wissen, warum!"

Forella hielt erschrocken den Atem an.

Mit einer heftigen Bewegung, die dem Klang seiner Stimme entsprach, sprang der Prinz von der Sitzbank auf und ging mit langen Schritten davon.

Bevor sie sich von ihrer Überraschung über sein merkwürdiges Verhalten erholen konnte, war er bereits hinter den Bäumen verschwunden.

Erst als er nicht mehr zu sehen war, der Klang seiner Stimme jedoch noch immer die Luft zu erfüllen schien, wurde ihr der Sinn seiner Worte klar, und sie wußte, daß sie ihn liebte.

Der Prinz lenkte seine Kutschpferde durch den Regents Park und fuhr dann in nördlicher Richtung nach St.Johns Wood. Der ruhige, am Stadtrand gelegene Wohnbezirk wies hübsche kleine Häuser auf, die von gepflegten Gärten umgeben waren und von Wohlhabenheit zeugten.

Vor einem dieser Häuser, das ein wenig größer war als die anderen, hielt der Prinz und übergab seinem Kutscher die Zügel.

„Beweg die Pferde ein wenig, Higson!" sagte er. „Es wird nicht lange dauern."

„Sehr wohl, Euer Hoheit!"

Der Prinz verließ die Kutsche und betätigte den silbernen Türklopfer an der Haustür.

Nach einigen Augenblicken wurde sie von einem Hausmädchen mit Spitzenschürzchen und spitzenbesetztem weißem Häubchen geöffnet.

Sie schien erstaunt über den Besuch und knickste hastig.

„Guten Morgen, Euer Hoheit! Mademoiselle erwartet sie eigentlich gar nicht."

„Das ist mir bekannt", erwiderte der Prinz und betrat die kleine Diele, wo er Hut und Handschuhe ablegte.

„Wollen Euer Hoheit sofort nach oben gehen?“ fragte das Hausmädchen von der Treppe her. „Oder soll ich Mademoiselle melden, daß Sie da sind?“

„Sagen Sie ihr bitte, daß ich sie im Wohnzimmer erwarte“, erwiderte der Prinz nach kurzem Nachdenken.

„Sehr wohl, Euer Hoheit.“

Er begab sich in den geschmackvoll eingerichteten Wohnraum, dessen Fenster sowohl auf die Vorderseite als auch auf die Rückseite des Hauses blickten.

Außer frischen Blumen in den Vasen zierten riesige Kübel mit Orchideen das Zimmer. Einer füllte den Kamin völlig aus, der andere stand auf einem Tisch am Fenster und versperrte teilweise die Sicht nach draußen.

Auf einen kleinen Seitentisch legte der Prinz zwei Päckchen ab, die er mitgebracht hatte. Dann blieb er bewegungslos, wie zur Statue erstarrt, daneben stehen. Von seinem wie versteinerten Gesicht hätte Forella so etwas wie Schmerz und Bedauern abgelesen.

Fünf Minuten waren vergangen, als jemand die Treppe heruntergehuscht kam, sich der Tür näherte und sie öffnete.

Lucille de Pre betrat das Zimmer. Ihr biegsamer Körper und ihre anmutigen Bewegungen hätten auch dem uneingeweihten Beobachter verraten, daß sie Tänzerin war.

Die umschwärmte Primaballerina war eine Schönheit mit ebenmäßigen Gesichtszügen, übergroßen Augen mit langen, sorgfältig getuschten Wimpern und einem zartgeschminkten Mund.

Sie trug nur ein Negligé über dem Nachthemd, und das hüftlange dunkle Haar war mit einem rosa Seidenband zusammengebunden.

„*Mon cher,* welch eine Überraschung!“ rief sie in französisch aus und streckte die Arme nach ihm aus.

Er vermied jedoch, daß sie ihn umarmte, indem er ihre Hände ergriff und nacheinander küßte.

„So früh hatte ich dich nicht erwartet", sagte Lucille. „Eigentlich bin ich dir böse, weil du dich so lange nicht hast sehen lassen."

„Ich habe aber von deinem Triumph gelesen", erwiderte der Prinz.

„Fantastique, nicht wahr? Die Zeitungen waren des Lobes voll, und der Direktor hat mich auf Knien angefleht, meinen Vertrag zu verlängern." Ihre vor Erregung schrill klingende Stimme verriet ihm, wieviel ihr das bedeutete.

„Ich freue mich mit dir", sagte der Prinz, „und habe dir ein Geschenk mitgebracht."

„Erst möchte ich dir für die herrlichen Blumen und dein Geschenk nach der Premiere danken."

„Das hier wird dir noch besser gefallen."

Er nahm ein samtbezogenes Kästchen vom Seitentisch auf und öffnete es.

Lucille hielt geräuschvoll den Atem an.

Ein blitzendes Diamantkollier kam zum Vorschein, das sich reizvoll vom schwarzen Samtpolster abhob. Passende Ohrringe und ein funkelndes Armband gehörten ebenfalls dazu.

„C'est magnifique!" rief Lucille entzückt aus. „Ich kann dir gar nicht sagen, wie begeistert ich bin, etwas so Hinreißendes zu besitzen."

Wieder streckte sie die Arme nach ihm aus, aber der Prinz entzog sich ihr, indem er nach dem zweiten Päckchen griff, das er auf dem Tisch abgelegt hatte.

Es enthielt einige Bogen Pergamentpapier, die mit einem roten Klebband zusammengehalten wurden.

Der Prinz händigte Lucille die Rolle aus.

„Mein zweites Geschenk ist die Besitzurkunde dieses Hauses."

Sie starrte ihn bestürzt und sprachlos an, und er fuhr fort: „Ich habe außerdem eine größere Summe auf dein Bankkonto überwiesen, die dir ein sorgenfreies Leben gewähren wird, wenn du nicht mehr die sagenhaften Gagen bekommst wie jetzt."

Lucille rührte sich nicht von der Stelle. Sie sah ihn nur an und fragte dann: „Warum schenkst du mir das alles?"

„Um dir für das Glück zu danken, das du mir während unseres Zusammenseins gewährst hast."

„Während der drei Jahre", murmelte sie.

„Ganz recht, während der drei Jahre."

Schweigen breitete sich aus, dann ließ Lucille sich mit versagender Stimme vernehmen:

„Willst du damit sagen, daß du mich verlassen wirst?"

„Wir waren uns beide darüber einig", sagte der Prinz ruhig, „daß jeder von uns unsere innige und beglückende Freundschaft lösen konnte, wenn er es wollte, ohne Erklärungen abgeben oder sich Vorwürfe anhören zu müssen."

„Ich weiß, daß wir das vereinbart haben", erwiderte Lucille, „aber ich habe nicht erwartet . . . ich hätte nie für möglich gehalten . . ."

Sie stockte und fragte dann:

„Willst du damit sagen, daß . . . daß es eine andere gibt?"

„Das stimmt, aber ich möchte nicht darüber reden", entgegnete der Prinz. „Ich möchte dir nur alles Glück der Welt wünschen, Lucille, natürlich auch weiterhin beruflichen Erfolg und ein stetiges Ansteigen deines Ruhmes als Künstlerin, den du in London längst genießt."

Lucille sagte kein Wort. Unverwandt starrte sie auf das Schmuckkästchen, das sie noch immer in den Händen hielt.

Der Prinz legte die Pergamentrolle auf den Tisch zurück, sah die Tänzerin dann eine Weile stumm an und sagte leise:

„Leb wohl, Lucille. Ich danke dir für alles."

Die Tür war bereits leise hinter ihm ins Schloß gefallen, da erwachte Lucille erst aus ihrer Trance.

„Warte!" schrie sie. „Warte doch!"

Sie rannte zur Tür, riß sie auf. Doch da hatte er das Haus bereits verlassen.

Von der Haustür aus sah sie seine Kutsche wegfahren, konnte

nur noch flüchtig seinen Rücken sehen, dann war er um die Wegbiegung verschwunden.

Außer sich vor Zorn und Schmerz schleuderte sie das Schmuckkästchen samt hochkarätigem Inhalt zu Boden und brach in Tränen aus.

„Ich möchte zu gern wissen, wann János uns wohl wieder einen Besuch abstatten wird", sagte die Prinzessin, als Forella das Buch, aus dem sie vorgelesen hatte, zuschlug.

Offensichtlich war sie während des Vorlesens mit den Gedanken nicht recht bei der Sache gewesen. Forella gestand sich ehrlich ein, daß es ihr ähnlich ergangen war.

Seit der Prinz abgereist war, konnte sie an nichts anderes mehr denken als an ihn. So sehr sie sich auch dagegen wehrte, ihre Gedanken kehrten immer wieder zu ihm zurück.

Langsam war sie nach seinem abrupten Aufbruch aus dem Garten ins Haus zurückgekehrt, verwirrt und verstört zugleich. Er war bereits weg gewesen, und die Prinzessin hatte sich bitter über die kurze Visite beklagt und ihrem Unmut Luft gemacht.

„Jetzt sehen wir ihn bestimmt wochenlang nicht wieder", hatte sie gesagt. „Doch ich darf mich nicht beklagen, verdanke ich es doch seiner Güte, daß ich hier in Sicherheit bin."

„Er . . . ist vermutlich nach London gereist", hatte Forella mühsam hervorgebracht. Das Sprechen fiel ihr schwer.

„Selbstverständlich", bestätigte die Prinzessin. „Und das bedeutet, daß seine hochwohlgeborenen Freunde, an der Spitze der Kronprinz und die Kronprinzessin, bereits ungeduldig auf ihn warten, um sich seiner anregenden Gesellschaft zu erfreuen, wie es uns auch ergeht."

Als Forella an diesem Abend in ihrem Bett lag, war sie lange wach gewesen und hatte an den Prinzen denken müssen und gespürt, daß ihre Liebe zu ihm ständig größer wurde, daß sie ihn mit jedem Herzschlag mehr liebte.

Sie versuchte sich klarzumachen, daß es lächerlich und absurd war, daß sie dagegen ankämpfen mußte, doch mit dem ihr eigenen Gespür für Menschen hatte sie sich vom ersten Augenblick ihrer Begegnung an zu dem Prinzen hingezogen gefühlt.

Während ihr Verstand ihn als Teil der vornehmen Gesellschaft ansah, die sie verabscheute und ablehnte, sagte ihr schon von Anfang an ihr Herz, daß er ganz anders war als die anderen, deren Scheinwelt er durchschaute.

Vergebens hatte sie sich dagegen gewehrt, seiner Anziehungskraft und Ausstrahlung zu erliegen, seinem blendenden Äußeren geradezu schwärmerische Bewunderung zu zollen. Für sie war und blieb er der bestaussehende Mann, der ihr je begegnet war.

Bereits vor ihrem Zusammentreffen mit Menschen, die ihn kannten und schätzten, hatte sie von sich aus seine Güte, sein Mitleid und Verständnis kennengelernt, als er sie zum Manor gebracht und ihr seinen Schutz gewährt hatte.

Sie wartete ebenso ungeduldig und erwartungsvoll auf seine Rückkehr wie die Prinzessin.

Als sie die Treppe hinuntergegangen war und ihn in der Halle erblickt hatte, da hatte ihr das Herz bis zum Halse geklopft. Wäre sie in diesem Augenblick schon ehrlich zu sich selbst gewesen, dann hätte sie sich eingestehen müssen, daß ihre Empfindungen für ihn Liebe waren, und obwohl er es nicht ausgesprochen hatte, fühlte sie doch, daß auch er sie liebte.

Wie ist das möglich, zweifelte ihr Verstand. Ich muß mich geirrt haben.

Doch als sich der Blick seiner grauen Augen in ihre Augen versenkt, als er ihr zu verstehen gegeben hatte, daß er sie fortschicken müsse, da hatte sie den Grund dafür erfaßt: Er liebte sie.

Forella gab sich jedoch nicht einen einzigen Augenblick der Täuschung hin, ihre Liebe könnte Erfüllung finden und glücklich enden.

Schließlich war der Prinz verheiratet, und selbst wenn er frei gewesen wäre, was konnte sie einem Prinzen János Kovác schon bieten, der über sagenhaften Reichtum, eine hohe gesellschaftliche Stellung und nicht zuletzt über eine blendende Erscheinung verfügte?

Ich bin ein Niemand, unwissend, ungewandt und ahnungslos. Ich weiß nichts über die Dinge, die ihn interessieren, außer vielleicht über Pferde, dachte sie. Sobald er mich nach Ungarn geschickt hat, wird er mich vergessen . . . aber ich, ich werde ihn nie vergessen können.

Außerdem war die Zuneigung des Prinzen zu ihr sicher nur eine vorübergehende Erscheinung. Die Prinzessin hatte ihr von seinen gesellschaftlichen Erfolgen in London erzählt. Ebenso war es ihm in Paris und überall auf der Welt ergangen.

„Er wird bewundert und respektiert", sagte die Prinzessin einmal, „nicht nur von Staatsmännern und Sportsleuten des Landes, das er gerade besucht, sondern auch von schönen Frauen."

Da die Prinzessin in ihrem Exil wenig zu tun hatte, beschäftigte sie sich ausschließlich mit dem, was ihr Vetter tat. Die Gesellschaftskolumnen der Zeitungen studierte sie sorgfältig, und wenn sein Name darin auftauchte, was häufig geschah, so las sie begierig, was über ihn berichtet wurde, womit Prinz János sich beschäftigte, wen er zu sich eingeladen hatte und bei wem er zu Gast weilte.

Zeitungsausschnitte, in denen sein Name erwähnt wurde, sammelte sie sorgfältig und bewahrte sie in einer Schublade im Salon auf. Forella hatte sie einmal dort entdeckt, zusammen mit Skizzen, die befreundete Künstler vom Schloß und auch vom Prinzen selbst angefertigt hatten.

Weil es ein bittersüßes Vergnügen für Forella war, über ihn zu sprechen, alles über ihn zu erfahren, bat sie die Prinzessin, ihr noch mehr Zeitungsausschnitte über ihn zu zeigen und half ihr, die neuesten Zeitungen auszuwerten.

„Hör dir das an", hatte die Prinzessin heute gesagt, als die Zeitungen gekommen waren und sie sich sofort der Hofberichterstattung gewidmet hatte.

Sie las laut vor, was ihre Aufmerksamkeit erregt hatte:

„Auf dem Ball der Gräfin von Manchester gestern abend unterhielt sich die Kronprinzessin, die in ihrer grauen, mit venetianischer Spitze besetzten Seidenrobe hinreißend aussah, mit dem gutaussehenden Prinzen János Kovác.

Später führte der Prinz, einer der erfolgreichsten Rennstallbesitzer des Kontinents, die reizende Marquise von Sheen zu Tisch, deren ebenmäßiges Antlitz auf nicht weniger als drei Porträts verewigt ist, die in der Royal Academy zu bewundern sind."

Die Prinzessin ließ die Zeitung einen Augenblick sinken.

„Die Marquise von Sheen", sagte sie versonnen, „eine neue Schönheit an seiner Seite. Ich wette um jeden Preis, daß sie demnächst als Gast auf seinem Schloß weilen wird."

„Lädt Seine Hoheit immer nur . . . schöne Frauen zu sich ein?" fragte Forella leise.

„Gewiß doch", erwiderte die Prinzessin. „Weshalb sollte er sich mit häßlichen umgeben? János legt größten Wert auf Vollkommenheit, bei seinen Pferden, seinen Häusern und natürlich auch seinen Frauen."

Seine Frauen! Diese Worte gingen Forella nicht aus dem Sinn und beschäftigten sie die ganze Nacht.

Die Tage schienen auf einmal viel zu langsam zu verstreichen, die Nächte sich endlos zu dehnen.

Wohin sie schaute, was sie hörte oder dachte, alles bezog sich auf den Prinzen oder stand in irgendeinem Zusammenhang mit seiner Person.

Er hat völlig von mir Besitz ergriffen, dachte sie.

Es war ein beunruhigender Gedanke, der in ihr lebendig wurde und spürbar war, so als hätte er eine kleine Flamme in ihrem Innern entzündet, als hätte er sie berührt.

Die Tage vergingen, ohne daß er zum Manor zurückkehrte. Die Erregung, die der Gedanke an ihn in ihr entfacht hatte, machte Mutlosigkeit und Zweifeln Platz.

Die Berichte in den Zeitungen über Bälle, die er besuchte,

Empfänge, an denen er teilnahm, führten ihr mit schmerzlicher Deutlichkeit vor Augen, wie unbedeutend sie selbst war, daß sie einem Vergleich mit diesen glänzenden Erscheinungen nicht standhalten konnte, daß er sie vermutlich längst vergessen hatte.

Er würde sich vermutlich noch einmal an sie erinnern, wenn die Antwort aus Ungarn eintraf. Dann würde er sie fortschicken und für immer aus seinem Leben verbannen.

Vor ihren Verwandten war sie hier sicher, gewiß, und es bestand auch keine Gefahr mehr, daß sie gegen ihren Willen mit Graf Sherburn vermählt wurde, aber daß sie den einzigen Menschen, der ihr wirklich etwas bedeutete, bald verlieren würde, schmerzte sie.

Wie soll ich es ertragen, für immer von ihm getrennt zu sein? dachte sie verzweifelt.

Ihr würde nichts anderes übrigbleiben, wenn er auf ihrer Abreise bestand, und das war dann das Ende.

Er hatte sie nicht darum gebeten, seine Frau der Prinzessin gegenüber nicht zu erwähnen. Drei Tage waren verstrichen seit seinen Enthüllungen, da kam Forella zögernd darauf zu sprechen:

„Als Seine Hoheit bei uns war, fragte ich ihn nach einer Person, die allgemein als ‚arme Lady‘ bezeichnet wird, und erfuhr von ihm, daß damit seine Frau gemeint sei."

Die Prinzessin stieß einen erleichterten Seufzer aus.

„Ich bin froh, daß er es dir gesagt hat", erklärte sie. „Ich mochte nicht darüber sprechen, um ihn nicht zu erzürnen. Ihre Anwesenheit auf diesem Besitz ist für mich die Garantie dafür, daß auch ich hier sicher bin und nicht Gefahr laufe, nach Ungarn zu den Leuten zurückgeschickt zu werden, die mir Schaden zufügen wollen, weil sie meinen Mann haßten."

Sie lächelte, bevor sie hinzufügte:

„János findet immer das richtige Versteck für alle möglichen Leute, den Doktor, zum Beispiel, oder Thomas, für mich und natürlich die arme Gisella."

„Kennen Sie sie von früher?" fragte Forella.

„Ich hatte nie mit ihr gesprochen", erwiderte die Prinzessin. „Ich mußte meine Heimat lange vor János' Vermählung verlassen. Aber ich hatte sie einmal aus der Ferne gesehen und fand sie sehr schön und würdig, seine Frau zu werden – bis ich die bittere Wahrheit erfuhr."

Sie gab Forella keine Gelegenheit, Fragen zu stellen, sondern fuhr fort:

„Armer, lieber János! Warum mußte ausgerechnet ihm so etwas passieren? Ich bete jeden Abend darum, daß er eines Tages wieder frei sein möge, um eine Familie gründen zu können, wie er es sich immer gewünscht hat."

Ihre Stimme klang bewegt, als sie hinzufügte:

„Er braucht Söhne, die einmal seinen Titel und seinen Besitz erben werden, und Töchter, die er verwöhnen kann und die ganz sicher bildschön sein werden, weil er stets nur von Schönheit und makellosen Dingen umgeben ist."

„Wie grausam für ihn, daß er nichts dagegen tun kann", sagte Forella tonlos.

„Nichts kann man dagegen tun!" sagte die Prinzessin stirnrunzelnd. „Sie sind miteinander verbunden, ‚bis daß der Tod euch scheidet', und von Dr. Bouvais weiß ich, daß die Prinzessin ihn möglicherweise sogar überleben wird."

Forella hätte weinen können über soviel Unglück, aber sie fürchtete, sich der Prinzessin gegenüber zu verraten und ihr zu offenbaren, welche Gefühle sie für den Prinzen hegte.

„Haben Sie der ‚armen Lady' jemals einen Besuch abgestattet?" fragte sie mit belegter Stimme.

„Nein", erwiderte die Prinzessin. „János hat mich gebeten, es nicht zu tun, da Besucher sie nur aufregen, und das ist für ihren Zustand gefährlich."

„Sie hat ihre Tauben."

„Ja, die Tauben. Aber es sind mittlerweile zu viele", erwiderte die Prinzessin unwillig. „Andere Tiere kann man ihr nicht anvertrauen. Aber Tauben können wegfliegen."

Mehr brauchte sie nicht zu sagen. Der Prinz hatte Forella gegenüber bereits angedeutet, daß seine Frau zuweilen gewalttätig wurde.

Sie glaubte, die Anwesenheit dieser Frau im anderen Teil des Anwesens deutlich zu spüren, und verstand auch, weshalb es so viele Dienstboten gab.

Jetzt war ihr klar, weshalb die „arme Lady“, die mit ihren Pflegerinnen völlig isoliert lebte, kaum erwähnt wurde, höchstens hin und wieder hinter vorgehaltener Hand.

Ein grausames Schicksal, vor allem für ihn, dachte Forella.

Sie betete für beide, doch die Tage vergingen und der Prinz kehrte nicht zum Manor zurück. Ihre Gebete wurden immer flehender und verzweifelter, doch sie wurden nicht erhört.

Eines Morgens versetzte ihr Mrs. Newman, die ihr beim Ankleiden half, einen gehörigen Schreck.

„Entfernen Sie sich lieber nicht zu weit vom Haus, Mylady“, mahnte die Frau. „Ich sah Sie gestern in den Wald gehen.“

„Man hat von da aus einen so herrlichen Blick“, erwiderte Forella.

„Trotzdem wäre es besser, Sie blieben im Garten.“

„Warum?“

Die Frau schwieg, aber Forella, die spürte, daß etwas nicht stimmte, ließ nicht locker:

„Warum sagen Sie mir das? Was ist geschehen?“

„Vielleicht sollte ich Sie damit verschonen, Mylady“, erwiderte Mrs. Newman zögernd, „aber es treibt sich irgendein Fremder auf dem Grundstück herum. Thomas hat ihn erwischt, wie er bei den Ställen herumlungerte, und ihn sofort zur Rede gestellt. Er behauptete, ein Besucher zu sein, der sich verirrt habe.“

Forella spürte, wie ihr Herz schneller klopfte.

Sie hatte den Optimismus des Prinzen im Grunde nie geteilt, das erkannte sie in diesem Augenblick. Insgeheim hatte sie immer befürchtet, daß ihr Onkel nach ihr suchen lassen würde, wenn sie nicht wieder auftauchte.

Sie war so in ihre Gedanken und Gefühle für den Prinzen eingesponnen gewesen und hatte die Ruhe und den Frieden genossen, die sie im Manor gefunden hatte, daß ihr jetzt schmerzhaft bewußt wurde, wie vertrauensselig sie gewesen war.

Sie war nirgendwo sicher, denn ihr Onkel war ein sehr gewissenhafter Mensch und würde es als seine Pflicht erachten, sie aufzustöbern und zurückzuholen.

Man würde sie nach London bringen, Tante Kathie würde sofort ihre Verlobung bekanntgeben und sie Tag und Nacht bewachen, so daß sie keine Gelegenheit mehr haben würde, ihrem Schicksal zu entfliehen.

Was soll ich tun? Was soll ich nur tun? dachte sie verzweifelt.

Sie hätte zu gern mit der Prinzessin darüber gesprochen, mochte die alte Dame aber nicht unnötig aufregen.

Außerdem würde sie auch nicht helfen können. Schließlich war sie an den Rollstuhl gefesselt, und gegen das Gesetz konnte sie nichts unternehmen, ebenso wenig wie der Prinz. Auch er würde machtlos sein, wenn ihr Vormund seine Rechte über sein Mündel geltend machte.

Wenn ihr Onkel und ihre Tante weiter auf ihrer Heirat mit dem Grafen bestanden, würde ihr selbst der wildeste Protest und heftiges Sträuben nichts nützen. Sie mußte die verhaßte Verbindung eingehen.

Angesichts der sich abzeichnenden Gefahr erkannte sie auch, wie umsichtig es von dem Prinzen war, Vorkehrungen zu treffen, daß sie in Ungarn Unterschlupf fand. Je eher das geschah, desto besser.

Sobald sie außer Lande war, würde kein Detektiv sie mehr behelligen können. Dann war sie endlich in Sicherheit und brauchte keinerlei Nachstellungen mehr zu befürchten.

Doch bis dahin bestand immer noch die Gefahr, daß man sie fand und zur Rückkehr ins Haus ihrer Verwandten zwang.

Sie mußte etwas unternehmen, und sie wußte auch schon, was.

Bevor sie zu den Ställen ging, wo Thomas mit dem gesattelten

György auf sie wartete, lief sie in die Bibliothek und schrieb hastig einen Brief an den Prinzen:

„Euer Hoheit,

in der Nähe des Hauses treibt sich ein Mann herum, der sich für die Bewohner zu interessieren scheint. Alle sind ziemlich beunruhigt darüber. Bestimmt ist es jemand, der für Onkel George Nachforschungen anstellt.

Kommen Sie bitte so schnell wie möglich hierher. Ich habe schreckliche Angst und weiß, daß nur Sie mir helfen und mich retten können.

Forella"

Sie steckte den Brief in einen Umschlag, schrieb die Londoner Adresse des Prinzen darauf und lief hinaus in die Halle, wo Newman sie bereits erwartete, um sie zum Stall zu begleiten.

„Würden Sie bitte dafür sorgen, daß dieser Brief an den Prinzen sofort abgeschickt wird?" Dann überlegte sie es sich anders. „Vielleicht wäre es sicherer und ginge schneller, wenn ein Kurier den Brief nach London brächte? Es ist ein Ritt von anderthalb Stunden, und ich hätte gern, wenn der Prinz die Nachricht auf dem schnellsten Wege erhält."

Newmans ausdruckslose Miene verriet keinerlei Verwunderung über ihr Ansinnen.

„Wird sofort erledigt, Mylady", sagte er. „Ich kümmere mich selbst darum, daß einer der Stallburschen sofort losreitet."

„Vielen Dank", sagte Forella erleichtert und lief zu den Ställen, um Thomas nicht länger warten zu lassen.

Er hatte für sich einen der prächtigen Hengste des Prinzen gesattelt und ritt neben ihr her.

„Ich habe gehört, daß ein Mann sich hier herumtreibt und neugierige Fragen stellt", sagte Forella unterwegs. „Haben Sie ihn gesehen? Wie sieht er aus?"

„Ich habe ihn gesehen", erwiderte Thomas, „aber er wollte nicht mit mir sprechen. Wenn ich mich nicht sehr täusche, interessiert er sich nicht für die Ställe, was mich mit ungeheurer Erleichterung erfüllt, sondern für das Haus."

Forella stockte der Atem.

„Aber Sie haben keine Ahnung, für wen er sich speziell interessiert?"

„Nein, Mylady", erwiderte Thomas. „Könnte natürlich auch sein, daß er hier herumschnüffelt, um ‚das Gelände zu sondieren', wie man es in Einbrecherkreisen wohl nennt."

„Wenn er einbrechen wollte, würde er sich nicht sehen lassen und den Leuten Fragen stellen", überlegte Forella.

„Da haben Sie wohl recht, Mylady."

Stirnrunzelnd starrte er vor sich hin, und Forella sagte impulsiv:

„Ihnen ist sicher auch bekannt, daß sich hier jeder vor irgend etwas versteckt, also geht dieses Problem uns alle an."

„Das ist richtig", erwiderte Thomas. „Ich möchte auf keinen Fall erkannt werden."

„Ich dachte mir schon, daß auch Sie sich vor irgend jemand verstecken", sagte Forella zögernd. Es widerstrebte ihr, neugierig zu erscheinen oder taktlos.

„Stimmt genau", bestätigte Thomas freimütig. „Ich habe es nur Seiner Hoheit zu verdanken, daß ich ein freier Mann bin."

Da sie sich unterhielten und kaum auf die Pferde achteten, scheute György bei jedem Geräusch, und Forella mußte die Zügel ganz straff halten.

„Wir sollten die Pferde laufen lassen, Mylady", schlug Thomas vor, „und uns später unterhalten. Sie sind eifersüchtig, weil wir ihnen nicht genügend Aufmerksamkeit widmen."

Forella gab ihm lachend recht und ließ György galoppieren, bis er müde wurde. Dann ließen sie die Pferde wieder im Schritt gehen und setzten das Gespräch fort. Thomas erzählte ihr, daß er in Mewmarket für ein sehr berühmtes Mitglied des Jockey-Clubs als Trainer gearbeitet habe.

Einer seiner Jockeys hatte unbedingt den ersten Preis von 2000 Pfund gewinnen wollen und ohne Wissen von Thomas zu einem Dopingmittel gegriffen.

Er hatte das Rennen gewonnen, doch ein anderer Jockey, der ihm den Sieg neidete, zeigte ihn bei der Rennkommission an, die sofort eine Untersuchung des Pferdes anordnete.

Der Jockey hatte in dem Bemühen, den Hals aus der Schlinge zu ziehen, Thomas, den Trainer, beschuldigt, das Pferd gedopt zu haben.

„Es war einer dieser komplizierten Fälle“, sagte Thomas trokken, „und das Urteil richtete sich danach, wem die Rennkommission mehr glaubte.“

„Und Ihnen glaubte man nicht?“ rief Forella empört aus.

„Seine Hoheit hat mir erklärt, daß man gegen mich war, weil meine Trainingsmethoden als revolutionär galten und ich mir in der Vergangenheit Feinde geschaffen hatte, ohne es zu wollen, vor allem unter meinen Trainer-Kollegen, die sich alle auf die Seite des Jockeys schlugen.“

Er seufzte und fügte dann mit belegter Stimme hinzu:

„Ich lief Gefahr, öffentlich gedemütigt und aus dem Verband ausgeschlossen zu werden.“

„Wie unfair man Sie behandelt hat!“ stellte Forella entrüstet fest.

„Das passiert auf Rennbahnen nicht selten“, gab sich Thomas gelassen. „Seine Hoheit überzeugte mich davon, daß es das beste für mich war, die Untersuchung nicht über mich ergehen zu lassen, sondern meinen Dienst zu quittieren.“

Seine Stimme klang tiefer, als er fortfuhr:

„Er half mir dabei, einen Brief aufzusetzen, in dem ich meine Unschuld beteuerte, gleichzeitig aber die Absicht äußerte, dem Rennsport nicht durch einen Skandal schaden zu wollen.“ Er lachte trocken. „Es war ein verdammt schlauer Brief, der, wie ich später erfuhr, vom Jockey-Club sehr gut aufgenommen wurde.“

„Und so kamen Sie hierher“, stellte Forella fest.

„Ja, Seine Hoheit bestand darauf, daß ich mich um seine prachtvollen Pferde hier kümmerte, und diese Aufgabe gab mir die Freude am Leben wieder und half mir, die Ungerechtigkeit, die mich meinen Job gekostet hatte, zu vergessen."

„Und welche Pläne haben Sie für die Zukunft?" fragte Forella.

Thomas lächelte, was er selten tat.

„Seine Hoheit hat mir versprochen, mich als Trainer in seinem Pariser Rennstall, den er zu vergrößern gedenkt, einzusetzen, sobald Gras über die Sache gewachsen ist und mich in den einschlägigen Kreisen keiner wiedererkennt."

„Wie schön für Sie!" rief Forella erfreut aus.

„Ich kann es kaum erwarten, Mylady", gestand Thomas, „aber Seine Hoheit besteht darauf, daß wir mindestens fünf Jahre verstreichen lassen müssen, um Newmarket und die damaligen Ereignisse in Vergessenheit geraten zu lassen. Im übrigen besteht für mich in Frankreich kaum die Gefahr, mit jenem Trainer in Verbindung gebracht zu werden, dem man unsaubere Trainingsmethoden ankreiden wollte und der beim Jockey-Club auf der schwarzen Liste stand."

„Ich verstehe."

Sie stellte wieder einmal fest, daß der Prinz sich umsichtig und verständnisvoll für seine Schützlinge einsetzte, und ihr war auch klar, daß alle, die sich hier mehr oder weniger versteckt hatten, nervös werden mußten, wenn ein Fremder sich in ihrer Nähe herumtrieb und neugierige Fragen stellte.

Da das offenbar noch nie zuvor geschehen war, bestärkte sie das in ihrer Überzeugung, daß die Schnüffelei des Unbekannten ihr galt.

Die Suche nach ihr hatte den Mann hierher gebracht, der nicht nur Forella das Leben schwermachte, sondern auch der Prinzessin, dem Doktor und sonst noch einigen Leuten, denen er die Nachtruhe raubte.

Der Prinz wird alles in Ordnung bringen, wenn er kommt, dachte sie zuversichtlich.

Wie lange mochte der Kurier wohl brauchen, um das Londoner Haus des Prinzen zu erreichen, fragte sie sich immer wieder.

Zehn Tage hatten sie ihn nicht gesehen, und es kam ihr wie eine Ewigkeit vor.

Sie hatte das Gefühl, daß er ihre Nähe mied und rief sich immer wieder seine letzten Worte ins Gedächtnis zurück. Was mochte er genau damit gemeint haben?

War es nicht möglich, daß sie ihnen eine ganz andere Bedeutung beigemessen hatte, als von ihm beabsichtigt war?

Forella kam sich plötzlich sehr jung, unsicher und unwissend vor.

Was wußte sie, nach dem seltsamen Leben, das sie mit ihren Eltern geführt hatte, von Männern wie Prinz János? Was wußte sie überhaupt von England und von dem Leben hier?

Sie hatte Sultane, Stammesfürsten und arabische Scheichs kennengelernt, deren Leben nur aus Kämpfen, Plündern und Töten bestand.

Bis zu ihrer Ankunft in England war sie niemals Männern wie ihrem Onkel oder dem Grafen begegnet, ganz zu schweigen von einer Persönlichkeit wie dem Prinzen.

Zunächst war es ihr schwergefallen, sie als etwas anderes anzusehen als modisch gekleidete Darsteller in einem Bühnenstück. Wenn sie jetzt jedoch an den Prinzen dachte, dann erschien er ihr als höchst lebendiges Wesen, das allgegenwärtig war. In seiner Gegenwart empfand sie Freude und Beglückung, die sie nicht in Worte fassen konnte und wie sie es noch nie in ihrem Leben erfahren hatte.

Sie schalt sich töricht, wenn sie sich auch nur eine Sekunde einbildete, ihm ebenfalls etwas zu bedeuten.

Sie war nichts anderes als einer seiner Schützlinge, denen sein Schutz und sein Mitleid galten.

„Ich tue ihm leid. Er hat Mitleid mit mir. Für ihn bin ich keine attraktive Frau wie die schönen Damen, die er in seinem Londoner Haus oder in seinem Schloß empfängt und die ihn mehr amüsieren, als ich es jemals vermag.“ Solche und ähnliche Selbstgespräche führte sie fast jeden Abend vor dem Einschlafen.

Sie rief sich jedes ihrer Gespräche ins Gedächtnis zurück und kam zu dem Schluß, daß sie ihn vermutlich mit ihren Tiraden gegen die vornehme Gesellschaft nur gelangweilt hatte.

Ihm mußten ihre Ansichten höchst revolutionär und unpassend für ein so junges Mädchen vorkommen.

Ich hätte den Mund halten und ihm das Reden überlassen sollen, sagte sie sich und war wütend auf sich selbst.

Verzweifelt wünschte sie sich, die Uhr zurückstellen und noch einmal von vorn beginnen zu können.

Erst als die Sterne am Himmel verblaßten und der neue Tag heraufdämmerte, schlief sie ein. Sie träumte, der Prinz sei gekommen und alles habe sich schlagartig geändert. Sie gingen Hand in Hand durch den Garten, und ihre Ängste waren verflogen.

Sie schreckte aus dem Schlaf auf und war so unruhig, daß sie es im Bett nicht mehr aushielt. Sie lief zum Fenster und zog den Vorhang auf.

Ihr Schlafzimmer blickte auf den Garten. Im fahlen Licht des Morgengrauens war der leichte Dunst über dem Fluß zu erkennen. Es herrschte jene Stille, die dem Anbruch des Tages vorauszugehen pflegte.

Während sie, noch immer in ihrem zauberhaften Traum befangen, am Fenster stand, fiel ihr Blick nach unten und sie erstarrte.

Im Schatten der Büsche, die den Rasen säumten, bemerkte sie etwas, das dunkler und massiger war als die schlanken Zweige mit den Blättern und Blüten.

Sie konnte nicht genau erkennen, was es war. Die Lichtverhältnisse waren zu schlecht. Doch als sie länger hinschaute, machte sie die schattenhafte Gestalt eines Mannes aus.

Und dieser Mann, da war sie ganz sicher, blickte auf die Fenster des Hauses.

Obwohl sie sein Gesicht nicht erkennen konnte, war sie ziemlich sicher, daß sein Blick ihrem Fenster galt.

Ängstlich wich sie ins Zimmer zurück. Es war unwahrscheinlich, daß er sie sehen konnte, aber sie war so erschrocken über ihre Entdeckung, daß sie sich am Fenster nicht mehr sicher fühlte.

Erst dann bemerkte sie, daß sie am ganzen Körper zitterte.

Sie war jetzt ganz sicher, daß der Fremde im Auftrag ihres Onkels nach ihr Ausschau gehalten und sie hier aufgestöbert hatte, wo sie sich unter falschem Namen aufhielt.

7

Als sie mit einem Strauß Rosen, den sie für die Prinzessin geholt hatte, aus dem Garten zurückkehrte, überlegte Forella aufgeregt, daß der Prinz heute eintreffen könnte.

Ihrem Hilferuf würde er ganz sicher Folge leisten, wenn dieser ihn überhaupt erreicht hatte. Schließlich bestand die Möglichkeit, daß er sich augenblicklich gar nicht in London aufhielt.

Da sie trotzdem die Hoffnung nicht aufgab, daß er heute eintreffen könnte, wählte sie aus der Kollektion, die er ihr geschenkt hatte, das hübscheste Kleid aus.

Kritisch betrachtete sie ihr Spiegelbild und stellte fest, daß ihre Augen erwartungsfroh glänzten und ihr Gesicht verräterisch strahlte.

Wie konnte sie nur einen Mann so innig lieben, über den sie so wenig wußte.

Ihr Vater hatte sich auch auf den ersten Blick in ihre Mutter verliebt, erinnerte sie sich, und ihrer Mutter war es ebenso ergangen.

„Für mich war er der schönste Mann, der mir je begegnet war", hatte ihre Mutter ihr erzählt. „Als er mich ansah, klopfte mir das Herz wilder und alles in mir strebte ihm zu und verriet mir, so unmöglich es scheinen mochte, daß ich der großen Liebe begegnet war."

Jetzt verstehe ich sie, dachte Forella, und so wie Mama meinen Papa ihr Leben lang geliebt hat, so werde ich auch niemals einen anderen Mann so lieben können wie Prinz János.

Dann erinnerte sie sich wieder an die „arme Lady" in den oberen Räumen, und es war, als verdunkle sich die Sonne.

Im Augenblick war jedoch ihr vordringliches Problem, daß man sie möglicherweise hier aufgestöbert hatte. Wenn der Prinz nicht bald als Retter in der Not eintraf, würde sie unter wüsten Beschimpfungen seitens ihrer Tante nach London befördert werden und gegen ihren Willen den Grafen heiraten müssen.

Wenn der Prinz morgen immer noch nicht da ist, dann sollte ich vielleicht zu fliehen versuchen, überlegte Forella. Doch nachdem sie die Geborgenheit und das Glück in diesem zauberhaften Haus kennengelernt hatte, fühlte sie sich außerstande, wie zuvor einen Ritt ins Ungewisse und ohne Geldmittel zu riskieren.

Der Prinz wird kommen. Ich weiß, daß er kommen wird, versuchte sie sich selbst zu trösten.

Als sie durch die Terrassentür schritt und den Salon betrat, war er da.

Sie hatte ihn nicht so früh erwartet und hielt ihn zunächst für eine Gestalt, die ihren Träumen entstiegen war, doch dann erkannte sie, daß er leibhaftig vor ihr stand und seine Augen sie mit einem Ausdruck ansahen, der ihr den Atem nahm.

Sie hatte keine Ahnung, daß sie im Sonnenlicht, das ihr Haar in züngelnde rötliche Flammen zu verwandeln schien, zauberhaft aussah.

Nach einer kleinen Ewigkeit, so schien es Forella, brachte sie mühsam hervor:

„Sie . . . Sie sind schon da!"

Damit war der Bann gebrochen, und der Prinz trat auf sie zu.

„Ja, ich bin auf dem schnellsten Wege gekommen", sagte er mit seiner tiefen, warmen Stimme.

„So . . . so früh wird die Prinzessin noch gar nicht empfangsbereit sein", sagte Forella, ohne selbst zu erfassen, was sie da von sich gab.

Sie war sich nur noch seiner erregenden Nähe bewußt und hatte das Gefühl, die Sonnenstrahlen, die ihren Körper umtanzten, seien in ihr Innerstes eingedrungen und hätten kleine Flammen entzündet, die ihr Herz erwärmten.

„Mein Besuch gilt vor allem Ihnen“, erwiderte er ruhig. „Zunächst müssen Sie mir genau erzählen, was hier geschehen ist.“

Er hatte es gerade ausgesprochen, als zu Forellas Überraschung ein kleiner Junge ins Zimmer gerannt kam.

„Ich hab' sie gefunden, Onkel János!“ rief er aufgeregt. „Und jetzt möchte ich sie ausprobieren, ja?“

Lächelnd stellte der Prinz vor: „Ich möchte dich erst mal einer sehr charmanten jungen Dame vorstellen, Miklos. Forella, das ist mein Neffe, der in England zur Schule gehen soll und künftig ‚Michael‘ heißen wird.“

Forella gab ihm die Hand, und Miklos, der zwölf Jahre alt sein mochte, verbeugte sich wie ein vollendeter kleiner Kavalier.

„Weißt du, was ich hier habe?“ fragte er sie dann, als wollte er sie an seiner Entdeckung teilnehmen lassen.

Er hielt einen Kasten in der Hand.

„Ich habe keine Ahnung“, erwiderte Forella wahrheitsgemäß.

„Onkel János hat mir erzählt, daß bei der Schlacht von Trafalgar dieses Teleskop benutzt wurde, und da ich Seemann werde, wenn ich groß bin, möchte ich jetzt schon wissen, wie man damit umgeht.“

„Genau genommen befinden sich zwei dieser Fernrohre in dem Kasten“, erklärte der Prinz. „Und ich finde, du solltest der Gräfin beide zeigen.“

„Gern“, erklärte Miklos sich einverstanden.

Der Prinz sah Forella aufmunternd an. „Gehen Sie mit Miklos in den Garten“, bat er sie. „Sobald ich mit Thomas gesprochen habe, der gleich hier sein muß, weiß ich mehr, und wir können entscheiden, was zu tun ist.“

Forella legte den Rosenstrauß auf dem Seitentisch ab und folgte Miklos, der schon vorausgerannt war, durch die Terrassentür in den Garten.

„Keine Angst“, sagte der Prinz mit gedämpfter Stimme, als sie an ihm vorbeiging. „Sie wissen, daß ich gut auf Sie aufpassen werde.“

„Ich habe den Mann letzte Nacht gesehen . . . er schaute auf mein Fenster", gab Forella unbehaglich zurück. „Bestimmt hat Onkel George ihn geschickt, um mich zu holen."

„Vertrauen Sie mir", sagte der Prinz. „Vielleicht treffen Ihre Befürchtungen gar nicht zu."

„Hoffentlich nicht."

Sie wäre am liebsten bei ihm geblieben und hätte sich weiter mit ihm unterhalten, nur um in seiner Nähe zu sein.

Ein Klopfen an der Tür kündigte Thomas an. Ohne noch etwas zu sagen, ging sie rasch nach draußen, um Miklos zu suchen.

Als sie ihn gefunden hatte, forderte sie ihn auf: „Du mußt mir alles über die Geschichte dieser Teleskope erzählen."

„Onkel János sagt, sie sind sehr wertvoll und waren zu ihrer Zeit die besten Teleskope, die jemals hergestellt wurden."

Er öffnete den Kasten, um ihr die beiden Fernrohre zu zeigen.

„Ich schlage vor, wir gehen zum Waldrand", sagte sie. „Von dort aus hat man einen herrlichen Blick, und wir können feststellen, wie weit man damit sehen kann."

„Ja, das finde ich prima", war Miklos sofort einverstanden.

Er war ein hübscher kleiner Junge, und Forella mußte daran denken, wie grausam es für den Prinzen sein mußte, keinen eigenen Sohn haben zu können.

Sie war überzeugt davon, daß er einen ganz reizenden Sohn haben würde, wenn ihm dieses Glück vergönnt wäre.

Der Prinz würde ihn zu einem ebenso guten Reiter machen wie er selbst war und ihn alle möglichen anderen Dinge lehren, die er zweifellos beherrschte.

Sicher war es für ihn nur ein schwacher Trost, daß er sich um die Kinder seiner Schwester kümmern konnte. Von der Prinzessin wußte sie, daß er keine Brüder hatte.

„Welche Schule wirst du besuchen?" fragte sie Miklos.

„Onkel János hat mich in Eton eingetragen", antwortete er. „Er meint, das sei die beste Schule der Welt, und es wäre ein großes Glück für mich, daß man mich dort aufnehmen werde."

„Dir wird es in Eton bestimmt genausogut gefallen wie meinem Vater", erwiderte Forella.

Mittlerweile hatten sie die Stufen am Ende des Gartens erreicht, die zum Wald hinaufführten.

Als sie noch ein Stück höher geklettert waren, hielt Forella es für besser stehenzubleiben, um nicht mit dem Fremden zusammenzutreffen, der das Haus beobachtet hatte.

„Mal sehen, wie weit man von hier sehen kann", sagte sie.

Miklos war Feuer und Flamme. Er stellte den Kasten auf die Erde, nahm beide Telesope heraus und reichte Forella eins davon.

„Weißt du, wie man es einstellt?" fragte er.

„Ich denke schon", gab Forella lächelnd zurück.

Sie schaute hindurch aufs Tal und stellte fest, daß der Hitzeschleier über der Landschaft eine klare Sicht verhinderte. Dann schwenkte sie das Fernrohr aufs Haus zu, um möglicherweise den Prinzen sehen zu können.

Plötzlich kam ihr eine Idee.

„Weißt du, was wir machen werden, Miklos?" wandte sie sich an den Jungen. „Wir blicken beide durchs Fernrohr auf die weißen Tauben, die auf dem Dach und den Giebeln hocken. Wer die meisten zählt, hat gewonnen."

„Das gefällt mir!" rief Miklos begeistert aus. „Welchen Preis bekommt der Sieger?"

„Das müssen wir deinen Onkel János fragen", erwiderte Forella. „Sag mir, wenn du bereit bist."

„Ich bin bereit!"

„In Ordnung", erwiderte Forella, hielt das Fernrohr vors rechte Auge und kniff das linke zu. „Achtung – fertig – los!"

Die Sehschärfe des Teleskops war sehr gut, und sie konnte die auf dem Dach umherflatternden weißen Tauben klar erkennen. Ihr fiel auf, daß sich einige auf ein Fenstersims im dritten Stock gehockt hatten. Vermutlich wurden sie dort von ihrer Herrin gefüttert.

Ohne mit den Gedanken recht bei der Sache zu sein, begann sie die Tiere zu zählen, die auf dem Fenstersims Futter aufpickten.

Dann trat jemand ans Fenster.

Es war eine Frau. Forella konnte ihr Gesicht deutlich erkennen. Es war die Gemahlin des Prinzen.

Es gab keinen Zweifel, daß sie noch immer sehr hübsch aussah, aber es war eher ein Kindergesicht, das Forella da durchs Fernrohr betrachtete, und wirkte trotz der Entfernung auffallend jung und puppenhaft.

Während sie es selbstvergessen anstarrte und vergaß, weitere Tauben zu zählen, entfernten sich diese plötzlich mit nervösem Flügelschlag, und sie bemerkte, wie die Prinzessin sich weit aus dem Fenster beugte.

Forella schoß der Gedanke durch den Kopf, daß das gefährlich war und sie aus dem Fenster stürzen könnte.

Sie hatte den Gedanken kaum zu Ende geacht, da griff die „arme Lady“ haltsuchend mit den Armen in die Luft, als wollte sie sich irgendwo festhalten, dann stürzte sie mit schreckverzerrtem Gesicht aus dem Fenster.

Während sie durch die Luft segelte, stieß Forella einen gellenden Schrei aus, ohne sich dessen bewußt zu werden.

Alles geschah so schnell, das Davonflattern der weißen Tauben, der Sturz der Frau aus dem Fenster.

Es war kein Sturz, stellte sie benommen und völlig verstört fest. Jemand hatte die Bedauernswerte aus dem Fenster gestoßen.

Ein Mann war es, der sich jetzt über den Sims beugte, um sich zu vergewissern, daß sein Opfer unten gelandet war. Schwarzhaarig war er und hatte einen dichten schwarzen Schnurrbart.

Schnell verschwand er wieder im Innern des Zimmers und ließ sich nicht mehr blicken.

Während Forella noch nach Luft rang und gegen den Schock ankämpfte, den das grausame Schauspiel bei ihr auslöste, hörte sie Miklos neben sich schreien:

„Da ist jemand aus dem Fenster gefallen! Hast du's gesehen? Sie ist rausgefallen! Ich hab's genau gesehen!"

„Das . . . war auch mein Eindruck!" würgte Forella mühsam hervor.

„Da war doch ein Mann am Fenster. Hast du den auch gesehen? Warum hat er nicht versucht, sie zu retten?"

„Vielleicht . . . war das nicht mehr möglich."

Das Ganze kam ihr so unwirklich vor, so als hätte das Teleskop sie genarrt, und doch war es grausige Wirklichkeit gewesen.

„Wir . . . wir sollten sofort ins Haus gehen, Miklos", sagte sie tonlos.

„Wir müssen Onkel János sagen, was wir gesehen haben", drängte der Junge. „Glaubst du, daß die Lady verletzt ist?"

„Ich . . . ich weiß es nicht", antwortete Forella.

Mehr konnte sie nicht sagen. Die Kehle war ihr wie zugeschnürt. Sie rannten über den Rasen aufs Haus zu. Miklos hatte eilig den Kasten und die Fernrohre aufgesammelt und folgte ihr auf dem Fuß.

Erst als sie am Haus angelangt waren, verlangsamte Forella den Schritt und rang nach Luft.

Sie mußte auf schnellstem Wege zum Prinzen, obwohl ihr das Ganze noch immer wie ein böser Traum vorkam. Und doch waren der Junge und sie Augenzeugen eines grausigen Verbrechens gewesen.

Sie hatten die Außentür zum Salon erreicht, und Miklos machte Anstalten, zu seinem Onkel zu rennen und ihm alles zu berichten, als Forella erregte Stimmen vernahm und den Jungen zurückhielt.

„Warte einen Augenblick!" flüsterte sie ihm zu und legte warnend den Zeigefinger auf die Lippen.

Sie wollte den Prinzen allein sprechen. Unschlüssig stand sie an der Tür und wußte nicht, wie sie es anstellen sollte, ihm die schreckliche Nachricht zu überbringen, ohne daß sein Gesprächspartner es mitbekam.

Plötzlich hörte sie den Prinzen mit völlig veränderter Stimme wütend sagen:

„Was redest du da, Jacques? Du hast mir immer noch nicht erklärt, was du hier zu suchen hast!“

Er sprach Französisch, und während Forella noch herumrätselte, wer sein Gesprächspartner sein mochte, vernahm sie eine männliche Stimme, die sie noch nie gehört hatte:

„Du hast genau zwei Minuten Zeit, Kovác, um zu überlegen, was du tun willst. Du hast die Wahl!“

„Zum Teufel, wovon redest du überhaupt?“

„Ich will es ganz klar sagen: Lucille und ich sind zusammen hierher gekommen.“

„Lucille ist hier?“

„Hör zu. Für Geschwätz haben wir keine Zeit. Sie machte der Pflegerin deiner Frau weis, sie hätte sich den Knöchel verstaucht, und während die sich um die vermeintliche Patientin kümmerte, hat jemand das arme schwachsinnige Wesen aus dem Fenster gestoßen.“

„Ich habe nicht die leiseste Ahnung, wovon du redest!“ rief der Prinz aus.

„Du hast die Wahl“, fuhr Jacques fort, als hätte er den Einwurf des Prinzen gar nicht gehört. „Entweder schwörst du, meine Schwester zu heiraten, oder du wirst des Mordes angeklagt! Ich werde aussagen, ich hätte gesehen, wie du deine Frau aus dem Fenster gestoßen hast, als niemand sonst im Zimmer war.“

„Du mußt entweder verrückt oder betrunken sein!“ sagte der Prinz verächtlich. „Mein Stallmeister war bis zu dem Augenblick, als du hier auftauchtest, bei mir.“

„Kein Gericht wird der Aussage eines Untergebenen Bedeutung beimessen, besonders nicht, wenn es um Mord geht“, sagte Jacques zynisch. „Wofür entscheidest du dich, Kovác? Für die Heirat oder das Gerichtsverfahren im Old Bailey?“

Forella atmetete einmal tief durch, nahm Miklos bei der Hand und betrat mit ihm zusammen den Salon.

5,80
6,80

Sie hatte zu ihrer Erleichterung festgestellt, daß Miklos die französische Sprache nicht beherrschte und nicht verstanden hatte, was dieser Jacques von seinem Onkel verlangte.

Sie erkannte ihn sofort wieder. Es war der Mann mit dem schwarzen Haar und dem dichten schwarzen Schnurrbart, den sie kurz am Fenster gesehen hatte.

Der Prinz fuhr herum, als er sie kommen hörte. Bevor Forella etwas sagen konnte, stürmte Miklos zu ihm. „Onkel János!" stieß er aufgeregt hervor. „Ich hab' durchs Fernrohr beobachtet, wie eine weißgekleidete Dame aus dem Fenster fiel! Ich habe alles gesehen!"

„Du hast noch eine Minute!" drohte der Franzose, als wollte er doch noch eine Entscheidung erzwingen.

„Ich habe den Tathergang ebenfalls beobachtet", sagte Forella in französisch. „Die ‚arme Lady' stürzte aus dem Fenster, weil jemand, der nach dem Sturz am Fenster erschien, um zu sehen, wohin sie gefallen war, sie gestoßen hat."

Sie wies mit ausgestreckter Hand auf den Franzosen. „Das war der Mann, den ich am Fenster gesehen habe!"

Jacques zuckte zusammen. „Noch mehr Dienstbotengeschwätz, wie?" fragte er dann wütend. „Ich bezweifle, daß es auf den Richter und die Geschworenen den geringsten Eindruck machen wird."

„Falls es Sie interessiert, Monsieur", sagte Forella langsam und würdevoll in Französisch, „mein Name ist Forella Claye, und mein Onkel ist der Marquis von Claydon, seines Zeichens königlicher Kammerherr bei Ihrer Majestät, der Königin Victoria!"

Während sie es aussprach, hatte sie den Eindruck, als schrumpfe der Franzose vor ihren Augen zusammen.

Er wußte, daß er verloren hatte, und sein gehetzter Blick erinnerte an ein in die Enge getriebenes Tier. Er schien plötzlich noch kleiner zu werden, als der Prinz ihn mit befehlsgewohnter Stimme anherrschte:

„Jetzt habt ihr, Lucille und du, genau eine Minute Zeit, dieses Haus und dieses Land zu verlassen! Wenn ihr euch noch einmal hier blicken laßt, werdet ihr des Mordes angeklagt. Meine Augenzeugin wird gegen euch aussagen, und ihr werdet am Strang enden!"

Jacques öffnete die Lippen, um etwas zu sagen.

„Eine Minute!" verkündete der Prinz mit Donnerstimme.

Wie der Blitz war Jacques aus dem Zimmer und schlug die Tür hinter sich zu.

Die Spannung und die Angst um den Prinzen war so unerträglich gewesen, daß Forella das Gefühl hatte, die Wände kämen auf sie zu und ein dunkler Abgrund tue sich vor ihr auf.

Der Arm des Prinzen fing sie auf und stützte sie. Behutsam führte er sie zum Sofa.

„Warum ist der Mann weggerannt?" hörte sie Miklos fragen. „Ich hab' ihn doch nach dem Sturz der Lady am Fenster gesehen!"

Der Prinz löste die Arme von Forella und richtete sich auf.

„Miklos", sagte er mit erzwungener Ruhe, „ich möchte, daß du etwas für mich tust."

„Was denn, Onkel János?"

„Ich möchte, daß du zu den Ställen gehst und dir zusammen mit der Gräfin die Pferde anschaust."

„Gern, Onkel János."

„Und du sprichst mit keinem Menschen – hörst du, mit keinem Menschen – über das, was du gesehen hast, bis wir beide uns ausführlich darüber unterhalten haben. Es ist sehr wichtig, und ich weiß, du wirst mir den Gefallen tun."

„Selbstverständlich, Onkel János."

Der Prinz wandte sich Forella zu.

„Geht's wieder?" fragte er besorgt. „Dann wäre es mir lieb, wenn Sie diesen Raum so schnell wie möglich verlassen würden."

„Es . . . es ist alles in Ordnung", gab Forella tonlos zurück.

„Sie haben mich gerettet", sagte der Prinz, „und jetzt möchte

Wer mochten dieser Franzose und diese Lucille gewesen sein? Wieso hatten sie geglaubt, den Prinzen zu einer Heirat zwingen zu können, indem sie ihn erpreßten?

Dann empfand sie es einfach als ausgleichende Gerechtigkeit, daß sie ihn vor einer solchen Verbindung bewahrt hatte, wie er sie vorher vor einer Heirat mit dem Grafen bewahrt hatte.

Alles andere war so kompliziert und so entsetzlich, daß sie gar nicht den Versuch machte, es zu begreifen. Ein leises Glücksgefühl, das sie bei dem Gedanken erfüllte, daß der Prinz jetzt ein freier Mann war, konnte sie jedoch nicht ganz unterdrücken.

Selbst wenn er mich nicht mag, dachte sie, liebe ich ihn doch so sehr, daß ich ihm alles Glück der Welt wünsche.

Thomas hob Miklos auf den Rücken eines Hengstes.

„Ich möchte auf diesem Pferd reiten", sagte Miklos. „Ob Onkel János es mir erlaubt?"

„Das mußt du Seine Hoheit selbst fragen", gab Thomas zurück.

„Heute reicht die Zeit nicht mehr aus", sagte Miklos. „Mama wartet im Schloß auf mich, um mich zum Internat zu bringen."

„Dann eben in den nächsten Ferien", sagte Thomas lächelnd.

„Ja, aber dann ganz bestimmt", entschied Miklos.

Forella überlegte, wo sie dann wohl sein mochte. Vermutlich in Ungarn, sagte sie sich, wo Miklos hergekommen war.

Ihre Gedanken kreisten immer wieder um das schreckliche Bild der „armen Lady", die vergebens nach einem Halt gesucht hatte, als dieser Jacques ihr einen Stoß versetzte.

Allmählich sah sie alles klarer und erkannte, weshalb der Prinz den Mörder und seine Schwester aus dem Haus gejagt und sie nicht der Polizei übergeben hatte. Er wollte einen Skandal vermeiden und dem Aufsehen, das ein Mordprozeß erregen würde, um jeden Preis aus dem Wege gehen.

Er konnte nicht riskieren, seine Schützlinge, die Prinzessin, Thomas, den Doktor zu gefährden, indem er die Aufmerksamkeit der Öffentlichkeit auf Ledbury Manor zog.

Wäre die Polizei eingeschaltet worden, dann hätten alle Hausbewohner als Zeugen vor Gericht aussagen und ihre Anonymität aufgeben müssen.

Onkel George würde erfahren, wo ich bin, ohne mir jemand auf die Spur setzen zu müssen, dachte Forella voller Entsetzen.

Inzwischen war ihr klargeworden, daß es dieser Jacques gewesen war, den sie vergangene Nacht als schattenhafte Gestalt wahrgenommen hatte. Seine Aufmerksamkeit hatte jedoch nicht, wie sie irrtümlich angenommen hatte, ihrem Fenster gegolten, sondern dem der „armen Lady".

Durch seine Herumschnüffelei und seine neugierigen Fragen hatte er in den Tagen zuvor erkunden wollen, wie dieser Haushalt organisiert war. Er hatte erfahren, daß nur eine Pflegerin bei der Patientin war, während die andere ihren Lunch einnahm. Daraufhin war Lucille mit ihrem angeblich verstauchten Knöchel genau zu diesem Zeitpunkt aufgetaucht und hatte die Krankenschwester für sich beansprucht.

Jacques hatte sich vergewissert, daß niemand bei der Kranken war, als sie die Tauben fütterte und er unbemerkt ins Zimmer gelangen konnte.

Es war ihm ein leichtes gewesen, sich hinter die zarte Person zu schleichen und sie aus dem Fenster zu stoßen.

Der Zufall hatte es jedoch gewollt, daß Forella und Miklos ihre Fernrohre genau in diesem Augenblick auf das Fenster gerichtet hatten.

Oder war es gar kein Zufall gewesen? War eine höhere Macht im Spiel gewesen, die nicht zulassen wollte, daß der Prinz dieses schändlichen Verbrechens angeklagt wurde, zu dem ein Mensch mit seiner noblen Gesinnung nicht im Traum fähig wäre?

Es war, als hätten ihre Gebete, ihm Glück zu bescheren, Gehör gefunden, als habe Gott sie beide gerettet.

„Wenn . . . sich das doch wirklich bewahrheiten würde", flüsterte Forella vor sich hin, denn sie befürchtete, daß sie zu optimistisch war.

Der Junge hatte gerade sämtliche Pferde bewundert, als einer der Diener im Stall erschien und meldete, Seine Hoheit wünsche, daß sie in den Salon kämen.

Nervös und in der heimlichen Furcht, es könnte doch noch etwas Unvorhergesehenes geschehen sein, betrat Forella mit bleichem Gesicht das Zimmer.

Der Prinz stand mit dem Rücken zum Kamin und wirkte sehr gefaßt.

„Miklos", sagte er zu dem Jungen, „ich möchte, daß du nach oben gehst und meine Verwandte, Prinzessin Maria Dábas, von der ich dir bereits erzählt habe, kennenlernst."

„Das möchte ich gern, Onkel János", erwiderte Miklos eifrig. „Ich habe viel über Imbe Dábas und seine Hinrichtung gelesen."

„Kein Wort davon zu ihr!" schärfte der Prinz ihm ein. „Nun beeil dich. Wir müssen bald zum Schloß zurückkehren. Newman erwartet dich bereits an der Treppe und wird dir den Weg zur Prinzessin zeigen."

Miklos hatte das Zimmer kaum verlassen, da ging der Prinz mit ausgestreckten Händen auf Forella zu.

„Hör zu, mein Liebling", sagte er. „Hier gibt es eine Menge zu erledigen. Dr. Bouvais wird dafür sorgen, daß alles reibungslos über die Bühne geht. Trotzdem möchte ich, daß du sofort das Haus verläßt und dich in meinem Landhaus bei Southampton einquartierst."

Forella sah ihn veständnislos an.

„Ich komme später nach", versprach er. „Es macht dir sicher nichts aus, die Fahrt allein zu unternehmen und dort auf mich zu warten, nicht wahr?"

„Du weißt, daß ich alles tue, was du mir sagst", erwiderte Forella, „nur verstehe ich nicht, weshalb . . ."

„Später erkläre ich dir alles", unterbrach sie der Prinz. „Im Augenblick ist nur wichtig, daß niemand dich hier sieht. Du warst so tapfer, deine wahre Identität zu enthüllen, als du den Verbrecher entlarvtest. Ein solcher Unfall und das anschließende Begräbnis wird den Dorfklatsch aufblühen lassen, und davon sollst du verschont bleiben."

„Ich verstehe. Ich warte auf dich."

Der Prinz hob ihre Hand an die Lippen und küßte sie.

„Danke, mein geliebtes Mädchen", sagte er weich. „Jetzt mach dich fertig zur Abreise. Der Prinzessin werde ich erklären, weshalb du weg mußt. Die Kutsche wartet vor der Haustür auf dich. Ich werde alles hinauszögern, bis du in Sicherheit bist."

„Danke. Ich danke dir für alles", murmelte Forella.

Wieder küßte er ihre Hand und sah ihr nach, als sie das Zimmer verließ.

Es überraschte sie nicht, Mrs. Newman in ihrem Zimmer vorzufinden.

„Seine Hoheit erklärte mir, daß Sie sofort abreisen müssen, Mylady", sagte die Haushälterin bedauernd. „Das tut mir sehr leid und betrübt mich noch mehr als das andere schlimme Ereignis."

„Mir tut die ‚arme Lady' schrecklich leid", sagte Forella leise.

„Der liebe Gott hat es wohl so gewollt", sagte Mrs. Newman.

Forella nickte. Sie mußte daran denken, daß ihre Gebete erhört worden waren.

Rasch zog sie sich um, wählte ein leichtes Reisekostüm aus und nahm ein leichtes Mahl zu sich, das ihr auf einem Tablett serviert wurde.

Als sie sich von der Prinzessin verabschiedete, stellte sie fest, daß der Prinz zusammen mit Miklos bereits auf dem Weg zum Schloß war und anschließend den Konstabler aufsuchen wollte, um ihm den tragischen Unfall zu melden.

„Wenn du mich fragst", bemerkte die Prinzessin, „so war es eine Erlösung, nicht nur für die arme Gisella, sondern auch für den lieben János, obwohl man so etwas vielleicht nicht offen aussprechen sollte."

„Nein, sicher nicht", gab Forella leise zurück.

„Wir alle sind wohl etwas beunruhigt, daß die Zeitungen groß darüber berichten könnten“, fuhr die Prinzessin mit gedämpfter Stimme fort. „Wenn sie unsere Namen erwähnen und sich fragen, was uns hierhergeführt hat, kann das verheerende Folgen haben.“

„Ich bin sicher, daß der Prinz bemüht ist, jeden Skandal zu vermeiden“, erwiderte Forella.

„Warum sollte es auch einen Skandal geben?“ hielt die Prinzessin ihr entgegen. „Es war ein Unfall. Gewiß werden die bedauernswerten Pflegerinnen sich schwere Vorwürfe gemacht haben, weil sie die Patientin einige Minuten unbeaufsichtigt ließen, aber es wäre reine Heuchelei, wollte man es als Tragödie bezeichnen.“

„Ich muß gehen, Hoheit.“

„János hat mir erklärt, weshalb du weg mußt“, sagte die Prinzessin. „Es war sehr schön, dich hier zu haben, und ich bedaure nur, daß du mir dein Geheimnis nicht anvertraut hast, nachdem du meines erfahren hattest.“

„Wenn wir uns wiedersehen, erzähle ich Ihnen alles“, versprach Forella.

Die Prinzessin lachte belustigt.

„Man braucht kein Prophet zu sein, um zu behaupten, daß wir uns rascher wiedersehen werden, als wir glauben, und unter viel günstigeren Umständen als im Augenblick.“

Forella antwortete nicht. Sie bemerkte die vor Neugier blitzenden Augen der Prinzessin, beugte sich über ihre Wange und küßte sie.

„Wenn ich Gelegenheit habe“, sagte sie, „werde ich Ihnen schreiben und Sie über alles aufklären, was Sie wissen wollen.“

„Laß mich nicht zu lange warten“, erwiderte die Prinzessin, „sonst sterbe ich vor Neugier!“

Forella winkte ihr lachend zu und lief die Treppe hinunter. Eine geschlossene Kutsche erwartete sie vor dem Eingang. Die Koffer mit all ihren schönen Kleidern waren bereits verstaut.

Es war eine leichte, schnelle Kutsche, die von vier prächtigen

Pferden gezogen wurden und ihr Ziel in Windeseile erreichen würde.

Ein merkwürdiges Gefühl war es schon, eine solche Reise zu einem unbekannten Ziel anzutreten. Da der Prinz jedoch alles arrangiert hatte, war sie nicht ängstlich, sondern nur aufgeregt.

Am Spätnachmittag bog das Vierergespann in eine Auffahrt ein, die zu einem stattlichen Haus führte, das dem Manor sehr ähnlich war. Nur bestand es aus roten Ziegeln, und die Bogenfenster und die von Säulen flankierte Eingangstür verrieten, daß es im Stil der Königin Anne erbaut worden war.

Mehrere Diener standen zu ihrer Begrüßung bereit. Vermutlich hatte ein vorausreitender Lakai ihre Ankunft gemeldet.

Der Butler, der jünger war als Newman, aber ebenso würdevoll und umsichtig wirkte, begrüßte sie: „Willkommen, Mylady!"

Forella erkannte, daß sie weiter den Familiennamen ihrer Mutter benutzen mußte. Bewundernd sah sie sich in der imposanten Marmorhalle des Hauses um.

„Wunderschön ist es hier!" rief sie begeistert aus.

„Seine Hoheit hat es gekauft, als er seine Yacht bauen ließ, Mylady. Sie befindet sich in Southampton und ist mit der Kutsche leicht zu erreichen.".

Lächelnd fuhr der Butler fort:

„Seine Hoheit hat zum Glück nichts für diese neumodischen, lärmenden und gefährlichen Züge als Beförderungsmittel übrig."

„Pferdekutschen sind viel schöner", bestätigte Forella.

„Das finde ich auch, Mylady", erwiderte der Butler. „In unseren Stallungen werden Sie einige prächtige Exemplare finden, die Seine Hoheit Ihnen sicher gern selbst vorstellen möchte."

Der Gedanke, daß der Prinz bald bei ihr sein würde, verlieh Forella das Gefühl zu schweben, in einem wunderschönen Traum gefangen zu sein, während sie sich nach oben führen ließ.

Eine ältere Zofe nahm sie in Empfang und empfahl ihr, sich von der Reise auszuruhen. Forella fühlte sich nach dem ereignisreichen Tag tatsächlich ziemlich erschöpft und schlief bald ein.

ich Sie und alle anderen in diesem Haus vor einer Menge Unannehmlichkeiten bewahren."

Forella erhob sich sofort. Sie hatte ihren Schwächeanfall überwunden und fühlte sich tatsächlich wieder prächtig. Das machte die Nähe des Prinzen, seine Berührung und das Wissen um ihre Liebe zu ihm.

Sie nahm Miklos bei der Hand.

„Komm mit", sagte sie munter. „Die Pferde deines Onkels werden dir bestimmt gefallen."

Der Prinz ging voraus und hielt ihnen die Tür auf.

„Ich danke dir", sagte er leise, als Forella an ihm vorüberging, und seine Worte waren wie eine Liebkosung.

Die Halle war leer.

Als Forella und Miklos sich nach links wandten, um durch eine Seitentür das Haus zu verlassen und zu den Ställen zu gehen, hörten sie Newman aus der entgegengesetzten Richtung kommen.

Er lief schneller als gewöhnlich, und dann hörte Forella ihn atemlos sagen:

„Ich muß Eure Hohheit bitten, sofort mitzukommen! Es ist ein schreckliches Unglück geschehen!"

Später hatte Forella Schwierigkeiten, sich an alles zu erinnern, was an diesem Tag geschehen war und in welcher Reihenfolge es passiert war, denn alles war so dramatisch gewesen, daß es unwirklich anmutete.

Sie begriff noch nicht, daß die „arme Lady" tot und daß der Prinz frei war.

Während sie sich mit Miklos in den Stallungen aufhielt und der Junge begierig lauschte, was Thomas ihm über die Herkunft und die Zucht der Pferde erzählte, mußte sie immer nur an den Prinzen denken.

Vielleicht hatte seine Frau nur einen Schock erlitten und war gar nicht ermordet worden?

Als sie erwachte, war es später, als sie angenommen hatte. Sie nahm ein Bad und wählte eines der zauberhaften Kleider aus, die der Prinz ihr von London hatte kommen lassen. Sie ging nach unten, um allein das Abendessen einzunehmen.

Sie hatte die Halle kaum erreicht, da meldete der Butler: „Eben wurde uns gemeldet, daß Seine Hoheit auf dem Weg hierher ist, Mylady. In schätzungsweise einer Stunde dürfte er eintreffen. Ich nehme an, Sie wollen mit dem Dinner auf ihn warten?"

„Ja, natürlich", erwiderte Forella.

Sie begab sich in den Salon, einem großen Raum mit getäfelter Decke und einer gepflegten, geschmackvollen Einrichtung. Der Duft von Blumen erfüllte die Luft, und die offenstehenden Fenster gaben den Blick auf einen Rosengarten frei, der in voller Blüte stand.

Es ist bezaubernd hier, dachte Forella.

Jeder Schlag ihres Herzens schien seinen Namen zu wiederholen, wie das Ticken einer Uhr, das ihn ihr immer näher brachte.

Eine Stunde später öffnete sich die Tür. Sie hatte erwartet, daß er Reisekleidung tragen würde. Statt dessen mußte er von ihr unbemerkt das Haus schon früher erreicht und sich umgezogen haben.

In seinem eleganten Abendanzug sah er hinreißend aus. Die Tür glitt hinter ihm ins Schloß, und Forella lief erfreut auf ihn zu.

Seine Arme umschlangen sie, und er drückte sie so fest an sich, daß sie seinen Herzschlag spürte.

„Mein Liebling, mein süßes Mädchen!" sagte er leise. „Tut mir leid, daß es so lange gedauert hat."

„Ist . . . alles in Ordnung?"

Ihre Stimme klang völlig verändert und mutete sie selbst fremd an.

„Alles", bestätigte er. „Setzen wir uns, dann erzähle ich dir alles."

Sie hatten gerade auf dem Sofa Platz genommen, als die Tür aufging und mehrere Diener mit Champagner und Kristallgläsern auftauchten, die das Wappen des Prinzen trugen.

„In wenigen Minuten wird das Abendessen serviert, Euer Hoheit“, verkündete der Butler, der es sich nicht nehmen ließ, den Champagner selbst einzuschenken.

„Du bist sicher sehr hungrig“, sagte der Prinz. „Es wäre doch nicht nötig gewesen, mit dem Essen auf mich zu warten.“

Das klang sehr förmlich, aber das war unwichtig. Was zählte, war der Ausdruck seiner Augen, die Wärme seiner Stimme, seine erregende Nähe, die Forella vor Erregung zittern ließ und ihr das Gefühl vermittelte, durch die Lüfte zu schweben.

Was sie aßen und tranken, worüber sie sich im Speisezimmer unterhielten, wußte sie später nicht mehr. Der ganze Raum schien von himmlischer Musik erfüllt, die ihrer Liebe galt, sie einander so nahe brachte wie eine innige Umarmung.

Als sie in den Salon zurückkehrten, waren die Vorhänge zugezogen und die Kerzen in den Leuchtern angezündet.

„Wir haben uns so vieles zu erzählen“, sagte der Prinz, „aber alles, was mich bewegt, bist du, ist deine Schönheit und das beglückende Gefühl, dich gefunden zu haben. „Du spürst doch, wie sehr ich dich liebe, und mein ungarischer Instinkt verrät mir, daß du meine Gefühle zu erwidern beginnst, obwohl du das nie ausgesprochen hast.“

„Ich liebe dich sehr“, sagte Forella, „aber ich hätte nie für möglich gehalten, es dir eines Tages gestehen zu können.“

„Wir hätten dem Schicksal, vielleicht auch Gott, vertrauen sollen, daß sich für uns alles zum Guten wenden wird.“

Er seufzte tief und fuhr dann fort:

„Als ich erkannte, daß ich dich wegschicken mußte, hat mir das Herz geblutet, aber es mußte sein.“

„Wohin . . . schickst du mich jetzt?“ fragte Forella.

Der Prinz lächelte, und das Zimmer schien sich mit einem Mal in einen Lichtersaal zu verwandeln.

„Nirgendwohin, mein Kleinod“, erwiderte er. „Ich reise mit dir nach Ungarn, sobald wir verheiratet sind.“

„Ver . . .heiratet?“ Forella glaubte, sich verhört zu haben.

„Sicher wird es nicht eine so prunkvolle Hochzeit werden, wie du sie dir vielleicht erträumt hast, mit Brautjungfern und großem Empfang und so“, sagte der Prinz. „Da wir es geheimhalten und in aller Stille abwickeln müssen, habe ich Vorbereitungen getroffen, die Trauung morgen früh in der kleinen Dorfkirche hier vollziehen zu lassen und dann mit dir meine Yacht in Southampton zu besteigen und die Flitterwochen zu verbringen.“

Forella schlug begeistert die Hände zusammen.

„Ich . . . ich kann immer noch nicht glauben, was du sagst.“

„Natürlich nur“, sagte der Prinz, „wenn du mich heiraten willst.“

Er hielt einen Augenblick inne, um dann fortzufahren:

„Ich glaube, mein Liebling, wir wissen beide, daß eine höhere Macht uns zusammengeführt hat und daß wir ohne einander nicht mehr leben können.“

„Das ist wahr, aber ich habe trotzdem nicht im Traum daran gedacht, daß du mich heiraten willst.“

„Mein Leben lang habe ich nach dir gesucht“, sagte der Prinz, „und jetzt, nachdem ich dich endlich gefunden habe, werde ich dich nie mehr loslassen.“

„Wie sehr habe ich mich danach gesehnt, das von dir zu hören. Bist du ganz sicher, daß ich die richtige Frau für dich bin und dich nicht enttäuschen werde?“

Das herzliche Lachen des Prinzen verriet, wie glücklich er war.

„Ich bin ganz sicher“, erwiderte er. „Und ich werde dir ein Leben lang beweisen, daß du meine ganz große, einzige Liebe bist, die Frau, die nur für mich geschaffen wurde und die ich nie . . . nie verlieren möchte.“

Seine Worte bewegten sie zutiefst. Dann legte er die Arme um sie und zog sie an sich. Lange blickte er in ihr Gesicht.

„Wie kann ein Mensch nur so vollkommen, so anmutig sein“,

murmelte er. „Selbst wenn ich dich berühre, kann ich kaum glauben, daß du kein Traumwesen bist."

Er wartete ihre Antwort nicht ab. Seine Lippen suchten ihren Mund, und sein Kuß war das, wonach sie sich insgeheim gesehnt hatte, seit sie wußte, daß sie ihn liebte.

Zunächst war die Berührung seines Mundes sehr zart, doch als er spürte, wie ihr Körper mit dem seinen zu verschmelzen schien und ihre Lippen seinen Druck erwiderten, wurde sein Kuß fordernder, leidenschaftlicher, besitzergreifender.

Er preßte sie noch immer fest an sich, daß sie glaubte, ihr ganzer Körper stünde in Flammen. Heißes Verlangen stieg in ihrer Brust auf und teilte sich ihren Lippen mit.

Sie fühlte sich wie in Ekstase versetzt, der Wirklichkeit entrückt.

Er küßte sie wieder und wieder, bis sie an nichts anderes mehr denken konnte, als an ihn und seine erregende Nähe.

Sie schwebte wie auf Wolken und stieg in himmlische Sphären auf, den Göttern gleich, dem vollkommenen Glück entgegen.

Als der Prinz sie schließlich freigab, hörte Forella sich flüstern:

„Ich . . . liebe dich! Ich liebe Dich! Ist das alles wirklich geschehen? Mir ist, als träumte ich!"

„Dann träume ich auch", sagte der Prinz. „Unsere Träume sind Wahrheit geworden, geliebtes Mädchen. Ich habe dich gefunden, als ich dich schon zu verlieren glaubte, denn ich war nicht frei und konnte dich nicht bitten, meine Frau zu werden. Ich hatte schreckliche Angst, dich zu verlieren."

Sie spürte, wie sehr ihn diese Angst gequält hatte. Sie hatte ähnlich empfunden, als sie an all die schönen, begehrenswerten Frauen in seinem Leben denken mußte und daran, daß sie ihm vielleicht nichts bedeutete und er sie vergessen würde.

Jetzt wußte sie, daß ihre Liebe etwas Einmaliges, Unvergleichliches war, und daß sie, wie der Prinz es ausgedrückt hatte, eins waren.

Er blickte ihr in die Augen und sagte, als könnte er ihre Gedanken lesen:

„Mein Liebling, meine Braut, mein Herz, meine Seele und außerdem mit Abstand die beste Reiterin, die mir je begegnet ist!"

Der Zusatz kam so unerwartet, daß Forella leise kicherte.

„Bin ich wirklich eine so gute Reiterin?" wollte sie wissen.

„Das weißt du doch selbst", erwiderte er. „Und wir werden zusammen ausreiten auf den besten Pferden der Welt, den feurigsten und wildesten."

Forella holte tief Luft, dann sagte sie:

„Das klingt alles wundervoll, aber weißt du, das einzige, was wirklich zählt, ist, daß du bei mir bist. Ich wollte nicht nach Ungarn, weil ich mich hätte von dir trennen müssen."

„Das wird in Zukunft nie mehr passieren", versprach der Prinz. „Mein Liebling, ich hätte nie geglaubt, daß mir nach so vielen Jahren der Leere und Einsamkeit inmitten vieler Menschen noch einmal ein solches Glück beschieden sein würde."

Forella berührte zart mit der Hand seine Wange, als müßte sie ihm wegen seiner unglücklichen Vergangenheit Trost spenden.

„Du sollst nie mehr einsam sein", sagte sie beinahe feierlich, „und es ist mein Wunsch, dir . . . einen Sohn zu schenken."

Der Prinz blickte sie ungläubig an, als traue er seinen Ohren nicht. Dann riß er sie an sich und küßte sie so leidenschaftlich wie nie zuvor.

Sie wußte, daß sie ihm seinen geheimsten Wunsch erfüllen würde, daß sie ihn damit glücklicher machen würde, als jede andere es je vermocht hatte.

„Ich liebe dich . . . ich liebe dich so sehr", konnte sie nur immer wieder sagen, weil sie keine anderen Worte fand, um ihre Gefühle auszudrücken.

„Und ich bete dich an!" sagte der Prinz heiser. „Morgen, mein Liebling, wirst du mein, und es gibt keine Probleme, keine unerfüllten Wünsche mehr." Er hielt inne und fügte dann hinzu: „Und es gibt keine einsamen Nächte mehr, in denen ich wach liege und an dich denken muß und mit meinem Schicksal hadere, weil ich keine Möglichkeit sehe, dich an mich zu fesseln."

Das klang so leidenschaftlich, daß sie erschauerte.

„Ich kann dich so vieles lehren, meine Geliebte", sagte er, „ich werde dein Herz, deine Sinne und deinen schönen Körper erwecken, samt deinem ungarischen Temperament."

Forella spürte, was er damit meinte, und sie lachte beglückt und voll erwartungsvoller Erregung.

Dann küßte er sie wieder, und sie konnte an nichts anderes mehr denken, als an seine beglückende Nähe, die sie nie mehr missen wollte.

Sie waren füreinander bestimmt. Niemand würde sie mehr trennen oder ihnen ihre Liebe rauben können, die ihnen von Gott gegeben und für die Ewigkeit bestimmt war.